鐘を鳴らす子供たち

古内一絵

小峰書店

装画
千海博美

装幀
城所潤
JUN KIDOKORO DESIGN

鐘を鳴らす子供たち

目次

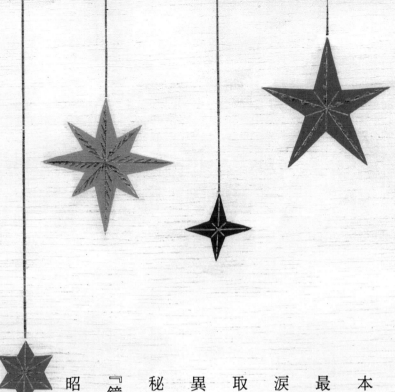

本作は、ＮＨＫで制作された連続放送劇「鐘の鳴る丘」をモチーフとしたフィクションです。

昭和四十八年　春

深夜近く、良仁《よしひと》の家の黒電話が、ちん……、と小さな音を立てた。

一呼吸するように間をおいてから、今度はじりじりとけたたましく鳴り響く。

きっと自分あてだと思っていると、やはり妻の呼ぶ声がした。風呂に入る準備をしていた良仁は、脱いだばかりの服を着なおし、電話のある居間まで戻ってきた。

「もしもし」

受話器を耳に当て、声を潜める。二人の子供は、もう眠っている時刻だ。

「遅くに申し訳ない」

電話の相手の声は静かだがよく通る。それは、四半世紀以上昔の小学生時代から変わらない。

「いや、俺もさっき帰ってきたばかりだよ」

今夜、彼から電話がくるだろうことは、良仁も予測していた。

「久しぶりだな、実秋《さねあき》。相変わらず、忙しいんだろ?」

「よっちゃんこそ」

もう四十近い自分を〝よっちゃん〟と呼ぶのは、今では郷里の家族と小学校の同窓生くらいになっていた。

高校を卒業するのと同時に、生まれ育った練馬区《ねりまく》を離れ、良仁が川崎《かわさき》にやってきて二十年が経つ。電車に乗ればすぐなのに、最近良仁は正月にすら実家に帰っていない。川崎に構えた新居での妻と子供二人を抱えた生活で、肉体的にも精神的にも目いっぱいになっていたからだ。

現在良仁は、小さな工場で会計主任として働いている。毎日が慌ただしく、実家にはいつでも帰れると思うと、かえってますます足が遠のいてしまっていた。

もっとも、こうした状況は自分だけではないだろう。

「よっちゃん、菊井《きくい》先生が……」

実秋が、押し殺したような声を出す。

ああ、やはりそうか——。

「俺も今日、新聞で見た」

良仁は電話口でうなずいた。

この日、戦後を代表する劇作家、菊井一夫《かずお》が持病の糖尿病に脳卒中を併発し逝去した。

享年六十五。

菊井一夫と言えば、多くの大ヒットドラマの脚本を書いた、演劇界の第一人者だ。

だが良仁には、それだけにはとどまらない数々の色鮮やかな情景に彩られた懐かしい記憶が、その面影とともによみがえる。

「それで、葬儀の件なんだが……」

かつて一緒に通っていた峰玉第二小学校《みねたまだいにしょうがっこう》の同級生の言葉を、良仁は注意深く聞き取った。

「分かった。十九日に、青山葬儀所だな。俺も必ずいく。菅原《すがわら》先生やほかの皆は……」

「俺からも声をかけてみるが、菅原先生は遠出はもう、ちょっと無理かもしれないな。よっちゃんが連絡を取れる相手はいるか」

「祐介《ゆうすけ》や勝《まさる》なら、すぐに連絡できる。皆、新聞やニュースで訃報は聞き及んでいるはずだしな」

遅い時間なこともあり、とりあえず必要な用件だけを話し終えると、良仁は早々に電話を切った。実秋も、これから一層忙しくなるのだろう。

台所からは、まだ妻が洗い物をしている水音が聞こえる。とりあえず先に風呂に入ってほしい旨を妻に告げ、良仁は奥の部屋に向かった。

西向きの小部屋に入り、扉を閉める。将来的にはどちらかの子供の部屋にしようと考えている小さな洋室を、良仁は束《つか》の間《ま》の書斎代わりに使っていた。本棚には、ミステリー小説や趣味の囲碁の本のほか、アルバムや新聞の切り抜きを収めたファイルが雑然と並べられている。

その中から、良仁は一冊のファイルを抜き取った。

ページを開いた途端、薄いパンフレットがすべり落ちる。「NHK放送博物館」と書かれた四つ折りのパンフレットを、良仁は拾い上げた。

五年前、愛宕山《あたごやま》に四階建ての立派な博物館が新しく建て替えられたときに、実秋や祐介ら、かつての小学校の同級生たちと一緒に見学にいったのだ。ラジオ放送開始から現在にいたるまでの放送の通史を展示したコーナーで、良仁は自分自身がかかわった出来事のほかに、それまで知ることのなかった事実も学ぶことになった。

日本のラジオ放送開始のきっかけとなったのは、大正十二年——一九二三年——の関東大震災だった。震災後、それまで情報の中心だった新聞がまったく機能しなくなり、朝鮮半島出身の人たちを巻き込む悪質なデマが飛び交い、大きな混乱が起きた。

その反省を踏まえ、当時の逓信省《ていしんしょう》が先進国のアメリカやイギリスに学び、本格的なラジオ放送に乗り出したのだ。

〝JOAK　JOAK
こちらは東京放送局であります〟

芝浦《しばうら》の仮放送所から記念すべき第一声が流れたのは、震災から二年後の、一九二五年の春だった。

以降、放送事業は営利法人ではなく公益法人とされることが決まり、社団法人日本放送協会が設立され、ラジオは全国化される。

ラジオは震災の復興とともに始まったのだ。

野球や相撲の実況中継、速報性のあるニュース番組、「ラジオ体操」の開始等で、すぐにラジオは人々の生活に欠かせないものになっていく。一九五十年代にテレビが登場するまで、ラジオはまさに娯楽の中心でもあった。

良仁が子供の頃、居間の中央にはいつも巨大なラジオが鎮座していた。

ピーピーガーガーと雑音がうるさいラジオから聞こえてくる勇ましい軍歌を思い起こし、良仁は瞑目《めいもく》する。

一九三七年――良仁が二歳のときに、日中戦争が始まった。以来、ラジオは次第に国策化されていくことになる。良仁が物心ついた頃、頻繁に流れていた太平洋戦争に関する臨時ニュースは、そのほとんどが大本営の情報統制下に置かれた、真実とは程遠いものだった。

そして、一九四五年八月十五日。

良仁は大人たちと一緒に、峰玉第二小学校の校庭で、玉音放送を聞いた。

当時、良仁は十歳になっていたが、学校のラジオから流れた放送はくぐもっていて聞きづらく、聞き取れた部分も難しすぎて、内容はさっぱり分からなかった。ただ、放送が終わった直後に、先生や大人たちが一斉に泣き崩れたのを見て、ただ事ではないことが起きたのだと感じた。

周囲の大人たちは皆泣いていたが、かたわらの母だけは涙を流していなかった。

「日本、負けちゃったんだってさ」

独り言のようにぽつりと放たれた言葉と、遠くを見つめる母の乾いた眼差《まなざ》しを、良仁は大人になった今でも鮮明に覚えている。あのとき母に宿っていた虚無にも似た奇妙な冷静さがどこからわいたものだったのかは、いまだに聞けずじまいのままだ。

放送博物館のパンフレットを閉じ、良仁は今度はファイルのページをめくった。

ファイルの中には、何枚かの写真が挟み込まれている。

キャビネサイズに引き伸ばされたモノクロ写真の中に、胸に大きな名札をつけた、いがぐり頭の少年たちが満面の笑みを浮かべて並んでいた。

小学六年生のときの自分たちだ。

背が高く、優しげな面差しをしているのが実秋。

いかにも腕白そうな良仁の隣で、少し大人びて見えるのが祐介。

首にタオルを巻いた大柄は、孝《たかし》。

坊主頭の男子の中で、一人だけ坊ちゃん刈りで眼鏡《めがね》をかけているのが勝。

少し離れた背後で、だぶだぶの学生服を着て腕を組んでいる小柄な少年は将太《しょうた》だった。

もう一枚の写真には、オルガンを弾くチョッキ姿の男性の隣に腰かけた、中年男性が写っている。丸眼鏡に口ひげをたくわえた男性は、整列した良仁たちに手をかざし、なにかを告げている。

菊井先生――。

良仁の胸に、懐かしさが込み上げる。

後に演劇界の帝王という称号をほしいままにする菊井一夫は、若い頃から気難しいことで有名だったが、子供だった良仁たちに向けられたのは、常にどこか寂しげで物静かな眼差しだった。

三枚目の写真は、大勢の集合写真だ。

書き割りの並んだ大きな舞台の上で、一本のマイクを前に、良仁たちが並んでいる。そこにはおかっぱ頭の小さな女の子や、着物を着てめかし込んだ少女の姿も写っていた。

二人の女子の肩を抱いて笑っている、ひっつめ髪の女性。

重子《しげこ》先生。

黒目勝ちの大きな瞳。右の頬《ほお》に浮《う》かんだえくぼ。

二度とは戻らない時間に、胸の奥が締めつけられたようになる。

〝なに、しょぼくれてるのよ〟

どこかから、明るい声が飛んだ気がした。

〝はいっ！　もう一回〟

この声に、何度叱咤《しった》されたことか。

鬼ばば。

当時の重子の通称がよみがえり、良仁は苦笑する。

ひどいもんだ。鬼ばばだなんて……。

小学生だった良仁の眼に、「恐ろしいおばさん」に映っていたその人は、今見ればうら若い女性だった。しかも、そのはつらつとした笑顔は、すがすがしく美しい。

写真を見つめる良仁の眼の奥が、じんと熱くなる。

かつてラジオは、震災の復興とともに生まれた。

そして、敗戦後、焦土と化した街に生きる人々を励まし支えたのもまた、ラジオ放送だった。

舞台の書き割りには、三角屋根の大きな時計台が見える。

〽緑の丘の赤い屋根　とんがり帽子の時計台
　鐘が鳴ります　キンコンカン……

いつしか良仁の脳裏に、少年少女たちによる、元気な歌声が流れ始めていた。

昭和二十二年　五月

初夏のような日差しを受け、水面《みなも》がキラキラと輝く。

「よっちゃん、そっちいったぞ！」

川下で鮒《ふな》を追い立てていた祐介《ゆうすけ》が、ふり返って手を上げた。

「よーし、ゆうちゃん、任せとけ」

ズボンの裾を膝までまくった良仁《よしひと》は、浅瀬に立って笊《ざる》を構える。一直線にこちらに向かってくる鮒を、今度こそ一網打尽にすくい上げてやるつもりだった。

ところが良仁の影に気づくなり、鮒はするすると二手に分かれ、あっという間に川上に泳ぎ去っていってしまった。

「チキショーッ」

岩の上に尻餅をつき、良仁は大声をあげる。

岸辺からはさも呑気《のんき》に漂っているように見える鮒が、実際川に入ってみると、これがなかなかどうしてすばしこい。さっきから何度繰り返してみても、ただの一匹も、笊の中に飛び込んできてはくれないのだった。

もしかしたら鮒のやつ、俺らが見えてるんだろうか——。

尻までびしょ濡《ぬ》れになってしまった良仁は、流されそうになっている笊を慌てて拾いにいく。

今夜のおかずを捕まえるつもりが、台所から勝手に持ち出した笊を流されるだけで終わったら、大目玉を食らうのは間違いない。

ただでさえ、今はあらゆる物が不足しているのだから。

笊を拾い上げ、良仁は「ふう」と肩で息をつく。

岸辺の桜並木は鮮やかな新緑に覆われ、ちらちらと落ちてくる木漏《こも》れ日《び》がまぶしい。

峰川の岸を飾れる千本桜……。

良仁の通う峰玉第二小学校《みねたまだいにしょうがっこう》の校歌にも歌われる峰川上水は、玉川上水から取水した、峰玉町《みねたままち》の田畑を潤す清らかな水路だ。岸辺には、大正四年に大正天皇の御大典《ごたいてん》を祝って千二百本の桜の木が植えられ、空襲にも負けず残った並木は、今も青年団の人たちによって大切に手入れされている。

大雨の後はたびたび増水し、場所によっては深いところもあるため、学校では常々「川へ入ってはいけません」という生活指導を受けているが、六年生になった良仁たちは慣れたもので、先生の注意などことごとく聞き流していた。

これからの季節、峰川は、良仁たちの最大の遊び場だ。

もっとも、水浴びをするには早すぎるこの日は、遊びのためだけに川に入ったわけではなかった。日光に透けた川底に漂う鮒が、実にうまそうに映ったのだ。

「でも、よっちゃん、こいつはちょいとばかり分が悪いなぁ」

散々に鮒を追い立て、良仁同様びしょ濡れになっている祐介が、大人のような口調で嘆く。

「この辺が、あきらめどころってもんかもしれない。やつら、思った以上に頭がいい」

「ちぇっ、残念だよなぁ」

良仁は舌打ちをして、坊主頭に笊をかぶせた。

上流に逃げた鮒たちは、川底でじっとしている。こうして見ていると、いとも簡単にすくえそうなのに。

「今夜は久々に、魚が食えると思ったんだけどなぁ……」

溜《た》め息《いき》交じりにつぶやくと、空っぽの腹がぐうと音を立てそうだった。

空襲警報が鳴らなくなって、もうすぐ二年になろうとしている。じめじめした息苦しい防空《ぼうくう》壕《ごう》に入らなくてすむようになったのはありがたかったが、戦争が終わったのに、相変わらず、食べるものが少ない。

この辺は畑が多いので野菜はそれなりに手に入るが、夕飯は今でも麦や芋の蔓《つる》ばかりだ。米は水みたいな雑炊でしか食べられない。

母によれば、〝配給〟とやらが、不足しているらしい。

今年に入ってから給食が再開したけれど、大抵、脱脂粉乳のスープが一杯だけだ。主食は各自持参というお達しにもかかわらず、良仁含め、ほとんどの生徒は手ぶらだった。

最近はようやく弁当を持たせてもらえるようになったものの、口に入れようとするたび、ばらばらとこぼれ落ちる麦飯が、良仁は大の苦手だ。

「仕方がないさ。今度はちゃんと、釣りの道具を持ってこようよ」

祐介に肩をたたかれ、良仁は渋々納得する。

ここ数日初夏のような天候が続いているが、川の水はまだまだ冷たい。そろそろ体が冷えてきたところだった。

それに、祐介の意見はいつだって正しい。国語でも、算術でも、難なく正解を導き出すことができる。それは遊びの場合だって同じだ。

たとえどんなに暑かろうと、祐介は増水している峰川で泳ごうとは言わないし、たとえどれだけ興が乗っていようと、本気の喧嘩《けんか》になる前に、取っ組み合いやチャンバラもやめる。

この辺りの典型である農家育ちの良仁とは違い、祐介は峰玉町に唯一ある医院の一人息子だ。

小さい頃から勉強ができて、先生からも級友からも一目置かれている。

しかし祐介は秀才でありながら、決して真面目一辺倒の堅物ではなかった。遊ぶときには全力で遊び、草むらのかくれんぼでオナモミだらけになることも、川の浅瀬で鼻の穴まで真っ黒にしてタニシを取ることもいとわない。

そんな祐介が、家が近いせいもあるが、物心ついたときより「よっちゃん、よっちゃん」と自分に近しくしてくれることが良仁は嬉《うれ》しかった。

優秀な祐介は流行《はや》りの「クラブ活動」にも参加していたけれど、良仁と遊ぶことだって、絶対におろそかにはしない。おまけに時折、とっておきのおやつのビスケットを、そっと差し出してくれたりもする。

祐介は良仁の親友だ。それはこの先も、きっとずっと変わらない。

「今日のところは出直しだな」

「だな」

互いに声をかけ合い、良仁たちは岸辺に上がった。

新緑の桜並木の下を、水をしたたらせながら歩く。もう少しいくと、川中に石を三枚並べた「三枚橋」があって、線路のほうに渡ることができる。運がよければ、貨物を引っ張る機関車を見られるかもしれない。

ポー、ピィーッと汽笛を鳴らし、黒煙を上げながらやってくる蒸気機関車は、いつ見ても壮観だ。それに、機関車には秘《ひそ》かな楽しみがある。この辺りを通るのは大抵客車ではなく貨物なのだが、連結部分に立っている大柄な米兵が、良仁たち子供の姿を見かけると、必ずガムやらチョコレートやらを放り投げてくれるのだ。

ときにはピーナツバターの瓶やコンビーフの缶を投げ寄こすこともあり、そんなご馳走《ちそう》が手に入ったときは、何日も幸せな気持ちでいられた。家族全員で大事に食べたコンビーフの空き缶は、良仁の大事な宝物の一つだ。

赤ら顔ににこにこと笑みを浮かべてご馳走を投げてくれる彼らが、B29に乗って自分たちの上に焼夷弾《しょういだん》を降らせていたとは、とても信じられない。

けれど線路沿いの一帯は、少し前まで確かに焼け野原だったのだ。建物の多かった池袋にいたっては、いまだに瓦礫《がれき》が山になっているという。

国民学校の二年生だった頃、この辺りにもたくさんの焼夷弾が落とされた。線路の先に、軍需工場があったせいだ。空襲警報が鳴り響くと、たとえ食事中だろうと真夜中だろうと、防空壕まで必死に走っていかなければならなかった。

密閉された防空壕の中に入っていても、焼夷弾が落とされるたび、耳が潰れるような轟音《ごうおん》が響き、地面が凄《すさ》まじく揺れた。すし詰め状態の防空壕は蒸し蒸しとして息苦しく、不安と恐ろしさで、良仁はぎゅっと眼《め》を閉じて母と兄にしがみついていた。

当時のことを思い返すと、良仁は今でも胸が詰まりそうになる。

その後、軍需工場で働く父と兄と別れ、良仁は母とともに群馬に縁故疎開したが、工場が早々に焼け落ちたせいか、昭和十九年以降は、かえって峰玉への空襲は減ったと聞いている。

半年で疎開先から戻り、線路の一帯が焼け野原になっているのを見たときには、頭を強く殴られたような気分になった。

もうすぐ、日本が戦争に負けてから二度目の夏がやってくる。

草木一本生えていなかった土手は、今では青々とした葛《くず》に覆われ、峰川から水を引いた水車がごとんごとんと音を立てて、ゆっくりと回っていた。

激しい空襲があったことが、まるで嘘みたいだ。

あの悪夢のような日々は、一体なんだったんだろう。

良仁は、葛に覆われた土手をじっと見つめる。

轟音を立ててゆさゆさ揺れる防空壕。

B29の鉛色の大きな翼。不気味なうなり声。ばらばらと落ちてくる焼夷弾。

竹やり訓練、匍匐《ほふく》前進、バケツリレー……。

美味《おい》しいピーナツバターやコンビーフをくれる親切な米兵と、どうして日本は戦争しなければならなかったのだろう。

第一、どんなに焼夷弾が落ちてきても、最後には「必ず勝つ」はずだった戦争に、どうして日本はいきなり負けてしまったのだろう。

どれだけ首をひねったところで、良仁にはなに一つ分からない。

祐介も考え事をしているのか、無言で岸辺の細い道を歩いている。

「あっ、孝《たかし》とアオだ」

三枚橋の近くまできたとき、ふいに祐介が指をさした。つられて良仁も顔を上げる。

川幅の広い浅瀬で、級友の孝が首の太い荷役馬《にえきうま》を洗っていた。

「おーい、孝」

手をふって近づけば、たわしでアオの胸元をこすっていた孝がこちらを向いた。大きな丸顔に、ゆったりと笑みが広がる。

上半身裸で馬を洗う孝は大柄なこともあり、とても同学年には思えなかった。こうして見ると、いっぱしの馬方《うまかた》の小父《おじ》さんのようだ。

「ゆ、ゆうちゃん、よ、よっちゃん。さ、魚、取ってたのか」

孝には少しだけ言葉に詰まる癖がある。

「うんにゃ、取れやしねえ」

良仁は祐介と一緒に土手を下り、再び川の中へ入った。

「あいつら結構すばしこい。今夜のおかずにしたかったんだけど」

「そ、そっか。さ、魚、食いてえもんなぁ」

鷹揚《おうよう》にうなずきながら孝は身をかがめ、アオの前脚のつけ根をぽんぽんとたたく。するとアオは、たたかれたほうの脚をひょいと曲げて水から出した。その脚を股の間に挟み、孝は蹄《ひづめ》の間に溜《た》まったごみを器用にかき出してやる。

それが終わり、もう片方のつけ根をぽんぽんとたたくと、アオはまたひょいと脚を曲げた。

「へえ、利口なもんだなぁ」

祐介が感嘆する。

「こ、こうしてやらねえと、ア、アオが脚、痛めっから……」

かぎのような道具を操り、孝は手早くアオの四肢の蹄からごみをかき出していった。授業中は大きな体を丸めて縮こまっている孝が、今は実に頼もしく映る。

良仁は岸辺の青草をむしり、アオの口元に差し出した。アオは潤んだ黒い瞳でじっと良仁を見つめ、柔らかな唇で青草を受け取った。

孝が実の弟のごとく可愛《かわい》がっているアオは、大人しく優しい。下級生や良仁たちが近づいても、決して耳を絞ったり、歯をむき出したりしない。日頃から、孝が大切に世話をしているからだ。ごりごりと青草を咀嚼《そしゃく》しているアオの温かい鼻面を、良仁はそっとなでた。

アオのお父さんとお母さんは軍用馬として徴発され、列車に乗せられて南洋へいってしまった。

あのときの孝の悲しみを、良仁は今でもはっきりと覚えている。馬たちを乗せた汽車を、孝は泣きながらどこまでもどこまでも追いかけていった。貨車から首を出した馬たちも、泣き叫ぶ孝をじっと見ていた。連れ去られる馬の悲しげな様子は、良仁の胸からも、長い間離れることがなかった。

たくさんいた馬の中から、自分の家の馬がどこにいるのか、はたして孝には分かったのだろうか――。

南洋へ送られた馬は、結局一頭も戻ってこなかったと聞いている。以来、この一帯の荷役を引き受けている孝の家の馬は、当時仔馬《こうま》だったアオだけになってしまった。

ぶるっとアオが鼻を鳴らしたので、良仁は我に返る。もっと青草が欲しいらしい。

「よしよし」

栗色《くりいろ》の前髪をなでて、良仁は青草を取りに岸辺に戻った。孝が丁寧に洗ってやっているアオの体には、あばら骨が深く浮いていた。毎日、重い荷役に耐えるアオは、本当は青草なんかではもの足りないのだろう。腹を空《す》かせているのは、なにも自分たちに限った話ではないのだ。

今度はもっとたくさん持っていってやろうと青草をむしって笊に入れていると、なにやら聞き覚えのある話し声が降ってきた。

顔を上げてげんなりする。やっぱり、勝《まさる》と世津子《せつこ》だ。

たくあん問屋の跡取り息子の勝は、遠くから見てもすぐに分かる。峰玉のほとんどの男子が坊主にしている中で、一人だけ坊ちゃん刈りにしているからだ。おまけに瓶底のような眼鏡《めがね》をかけている。町に一軒しかない美容室の娘の世津子も、アメリカ映画の女優のように、長い髪を縮らせていた。

この二人だけは、いつも弁当に米のお結びを持ってくる。なんでこいつらの家にだけ〝配給〟があるのかと不思議に思って見ていると、大抵じろりとにらみ返される。そのたび良仁は慌てて眼をそらし、ぼろぼろこぼれる冷たい麦飯を、弁当の蓋で隠しながら無理やり口の中に押し込むのだった。

こぎれいな格好をして、見せびらかすようにお結びを食べている二人が、良仁はどうにも苦手だ。できれば見つかりたくなくて、草むらの陰にうずくまる。

ここは通学路だから、同級生と顔を合わせるのは仕方がない。だが家の手伝いをしなくていいあいつらは、いつも遅くまで「クラブ活動」をしているのではなかったか。

「あら、祐介君だわ」

世津子が甲高い声をあげる。

「祐介君、そんなところでなにしてるの」

つられてふり返れば、祐介が孝と一緒にアオの体に水をかけているところだった。

「アオを洗ってるんだよ」

見れば分かることを、祐介は律義に告げる。

「川に入っちゃいけないのよ」

先生の口癖そっくりに、世津子が語調を強めた。

「でも、仕事なんだ」

「そんなの祐介君がする仕事じゃないでしょ。第一、『小鳩会《こばと》』の活動をさぼるなんていい気なもんね」

「分かってるよ。明日はちゃんと『小鳩会』に出るって」

「それじゃ、そんな汚い馬から今すぐに離れてよ。明日、ノミを移されたりしたら閉口だわ」

世津子が気取って縮らせた髪を揺らすと、「そうだ、そうだ」と、坊ちゃん刈りの勝が調子を合わせる。

これだから、この二人は嫌なのだ。

「なに、気取ってやがる。お前の変な縮れっ毛なんかより、アオのたてがみのほうがずっと綺《き》麗《れい》だぞ」

　良仁は思わず草むらから立ち上がった。

「なんですって！」

　毎朝こてを当てているという自慢の髪をけなされて、世津子が眉を吊《つ》り上《あ》げる。

「じゃが芋みたいなあんたに、おしゃれのなにが分かるのよ。大体、あんたなんかが祐介君と一緒にいるのが大間違いよ」

「黙れ、おかちめんこ！　無駄口たたいてないで、とっとと帰れっ」

　怒鳴りつけると、世津子が真っ青になった。

「せっちゃんに向かって、おかちめんことはなんだ！」

　分厚いレンズの眼鏡を曇らさんばかりの勢いで、すかさず勝が口を出してくる。ちょっとばっかり美人の世津子を、勝は将来嫁に迎えたいと考えているらしい。

「うるせえ！　お前もそんな女にでれでれすんな」

「なんだと、良仁！　お前んちのたくあんを買ってやってるのは、俺んちのお父ちゃんだぞ」

「知るか！　アオがいなければ、お前の父ちゃんだって、たくあんをどこにも運べないじゃないか」

「なんだと、こいつ！」

「やんのか、こいつ！」

本当に喧嘩になったら、頭でっかちで瓶底眼鏡の勝なんかに絶対負けるわけがない。良仁は笊を放り投げて拳を握る。

そのとき、ふいに背後からぼとぼとと音がした。

「きゃぁあああっ！」

世津子が大げさな悲鳴をあげてアオを指差す。

アオが川の中に、大量の馬糞《ばふん》を落としていた。

「ちょっと、汚いじゃないの！　この川、うちの前まで流れてるのよ。孝君、あんたの馬でしょ、なんとかしなさいよっ」

金切り声でわめかれて、孝はすっかりおろおろしている。それまでの貫禄《かんろく》が嘘のようだ。

アオの尻尾の間から、またしてもぼろぼろと馬糞がこぼれる。

「きゃあっ！　汚い、汚い、汚い！」

世津子がわめき散らし、孝はますます大きな体を縮こまらせた。

「汚くなんかないよ」

祐介が澄んだ声を放つと、不思議と辺りがしんとした。

良仁も、眼が覚めたように祐介を見やる。

「草食動物の馬の糞は、基本的に草の繊維だもの。雑食の俺らに比べれば、綺麗なもんだよ。バクテリアが糞を食べて、そのバクテリアを食べたミジンコを餌にして魚が育つ。魚が余計な藻も掃除してくれるから、川の水がいつも綺麗に保たれるんだ。アオの糞は川に流していいんだよ」

クラス一の秀才に言い込められ、世津子も勝も口を閉じた。

ざまあみろ。

祐介の意見は、いつだって正しいのだ。良仁は鼻を鳴らして胸を張る。

「……分かったわよ」

世津子がまだ不満そうに首をふった。

「とにかく、明日の『小鳩会』には祐介君もちゃんときてちょうだいよね。菅原《すがわら》先生から大事な話があるんだから」

負け惜しみのように言い放つと、世津子はツンと顔をそらして踵《きびす》を返す。

「待ってよ、せっちゃん」

その後を、勝がへいこらと追いかけていった。

「なんだよ、あいつら」

二人の後ろ姿に、良仁は盛大に舌を打つ。本当に、いつも感じの悪い二人組だ。

大体馬糞に悲鳴をあげるなんて、お嬢さん気取りもはなはだしい。この辺りは、車なんて滅《めっ》多《た》に走っていない。車があっても石油がないから動かないのだと、良仁は前に父から聞かされた。峰玉通りにせよ、以前は軍用道路だった十三間通りにせよ、通っているのは大八車《だいはちぐるま》と馬車ばかりだ。道路のあちこちに、馬糞は山となって落ちている。

「菅原先生の大事な話ってなんだろう」

けれど祐介はたいして気に留《と》める様子もなく、不思議そうに首を傾《かし》げていた。

菅原は、隣の組の担任だ。髪を七三に分け、黒縁の眼鏡をかけて、これといって特徴のない顔をしている。父より若いのか、年上なのかも分からない。

すぐに怒鳴り散らす担任の畑田《はただ》に比べれば、まだましなような気がするけれど、良仁にとっては先生なんて誰をとっても大差はなかった。

菅原は国語の先生だが、国語の教本は、戦争が終わってすぐに、墨で真っ黒になってしまった。もっとも、良仁たちが墨を塗ったのは、国語だけではない。ほとんどの教本に、くる日もくる日も墨を塗らされた。こんなに黒くするなら、いっそのこと全部捨ててしまえばいいのにと、四年生になった良仁は、ほとんど読むところのない教本を無言で見つめていた。子供の自分たちは常に諾々と従うよりほかに方法がないが、よくよく考えれば、大人から指示されることは本当に不可解なことばっかりだ。

登校するなり毎朝敬礼していた、天皇陛下と皇后陛下の御真影《ごしんえい》がまつられた奉安殿《ほうあんでん》も、意味も分からぬまま毎日暗唱させられていた教育勅語も、ある日突然になくなった。今年の春から国民学校は小学校になり、良仁たちは〝小国民〟ではなくなった。

理由はまったく分からない。説明してくれる大人も誰もいない。

教本が役に立たなくなったせいか、菅原は国語の時間に、生徒たちに芝居をさせるようになった。畑田もそれに倣《なら》い、いつしか国語の授業は芝居の稽古ばかりになった。最初のうちは誰もが知っている「桃太郎」とか「かちかち山」とかの昔話を演じさせられることが多かったが、だんだん、新しい物語が増えていった。

そのうち、祐介のようにいつも主役を演じる生徒たちが集められ、「クラブ活動」が始まった。世津子が口にしていた「小鳩会」とは、菅原が顧問を務める演劇クラブのことだ。クラブ活動をしているのは、基本、親の手伝いをしなくてすむ、世津子や勝のような裕福な家の子供ばかりだった。

無論、この日、良仁は農作業の手伝いをさぼり、祐介は「小鳩会」の活動をさぼって、川遊びに興じていたわけではあるが――。それとて、そもそもは晩御飯のおかずを獲得するためだったのだから、仕方がない。

「孝、くよくよすんなよ」

大事なアオを「汚い馬」呼ばわりされて落ち込んでいるらしい孝に、良仁は声をかけた。

「あんな気取ったおかちめんこの言うことなんて、気にすんな」

近づいて肩に手をかけると、孝がうつむいていた顔を上げる。

「よ、よ、よっちゃん」

孝の思い詰めたような表情に、良仁はうんうんとうなずいた。

お前の悔しい気持ちはよく分かる。俺だって、あいつが女でなかったら、ぶん殴ってやるところだった——。

「せ、せ、せっちゃんは、お、おかちめんこなんかじゃないぞ」

ところが、責めるような口調で詰め寄られ、良仁はぽかんと口をあける。

「せ、せっちゃん、か、かかか、可愛い……」

聞き取れないほどの小声でそう言うと、孝は耳まで真っ赤になった。

アオをなでていた祐介がぷっと噴き出す。

「あっははははは……！」

お腹《なか》を抱えて笑い始めた祐介と、妙にもじもじしている孝のかたわらで、良仁一人が腑《ふ》に落ちずにいた。

まったく、どいつもこいつも。

釈然としない気持ちを持て余したまま、良仁は帰途についた。

孝のやつ、世津子みたいな気取った女の一体どこがいいんだろう。ゆうちゃんまで、あんなに笑うなんて……。

胸の中でぶつぶつとつぶやきながら角を曲がり、ぎょっとして足をすくませる。

家の門の前に、先ほど話に出ていた菅原教諭が立っていた。いつも着ている古びた背広。中折れ帽子に黒縁眼鏡。やはりどう見ても菅原だ。

なぜ、隣の組の担任の先生が、自分の家の前にいるのだろう。

はたして、自分はなにかやったのだろうか。

隣の教室に巨大なヒキガエルを入れたことがばれたのか、学校の裏の竹やぶで竹の子を盗《と》ったことがばれたのか、それとも今日、川に入っていたことを、世津子や勝が告げ口したのか。

あまりに心当たりがありすぎて、かえって見当がつかなかった。

そのうち、ちらりと兄の茂富《しげとみ》の姿が見えた。

菅原が茂富と話し込んでいるのを見て、良仁は胸をなで下ろす。

なんだ、兄ちゃんを訪ねてきたのか……。

それならば、話は分かる。菅原は、五歳年上の兄の担任だった時期があったはずだ。

え――？

裏口に逃げかけていた良仁の足が、思わずとまる。

突然、菅原が中折れ帽を脱いで、茂富に向かって深々と頭を下げたのだ。卒業生とはいえ、教師が生徒に頭を下げるなんて、これまで見たことがなかった。

兄もいささか戸惑っているようだ。

茫然《ぼうぜん》と眺めていると、ふいに茂富がこちらを向いた。

「あ、良仁、ちょうどよかった。先生がお前にご用だよ」

俺に？

良仁は、とっさに笊を後ろ手に隠す。だが、靴もズボンもびしょ濡れで、どこでなにをしていたかは一目瞭然だ。

「先生。どうぞ、こちらへ」

兄はそそくさと、菅原を門の中に案内している。

菅原は中折れ帽をかぶり直し、ちらりと良仁を見た。

やはり、なにかがばれたらしい。

下級生の手本となるべき最高学年の君たちは……云々《うんぬん》。

朝礼で繰り返される校長先生の説教が頭に浮かび、良仁は閉口する。

〝川に入るなと、あれほど言っているだろうが！〟

生活指導も兼ねている担任の畑田からは、びんたの一発や二発は食らわされるかもしれない。

良仁は内心びくびくしながら、菅原と一緒に家へ入った。

学校の先生が訪ねてきたとあって、父も母も野良仕事の手をとめて、母屋に戻ってきた。客間に上げようとする父を固辞し、菅原教諭は土間の框《かまち》に腰を下ろした。

さて、どんなお小言が飛び出すのか。

良仁はぎゅっと目蓋を閉じる。

しかし、菅原が切り出した用件は、良仁の予想を遥《はる》かに超えるものだった。

「はい？」

まず声をあげたのは、地下足袋のまま切り株の椅子に座っていた父だ。お茶を淹《い》れてきた母も、きょとんとしている。

「ですから、良仁君に、ぜひともラジオ放送劇に出ていただけないかと思っているんです」

母から湯のみを受け取り、菅原教諭は穏やかな声で告げた。

ラジオ放送劇？

あまりに突飛な申し出に、良仁は呆気《あっけ》にとられる。

ラジオと言えば、相撲とか、野球とか、ニュースとか、日々の生活に欠かせない情報を流す、あの居間に鎮座しているダイアルのついた四角い大きな箱のことだ。ピーピーガーガーと雑音はひどいし、しょっちゅう停電があるのでなかなか集中して聞けないが、それでも「のど自慢素人音楽会」は、お茶の間の最大の楽しみだ。

だが、自分がラジオに出るなんて考えたこともない。ましてや、「放送劇」だなんて。

ぽかんとしている良仁たちを前に、菅原教諭は辛抱強く説明を繰り返した。

曰《いわ》く、来月から日本放送協会が子供たちを主人公にしたラジオ放送劇を放送することになったという。そのため、出演できる小学六年生前後の子供を探しているのだそうだ。

このラジオ番組の関係者が菅原の遠縁にあたり、児童の演劇活動を指導している教諭に協力要請がかけられたらしい。

菅原の話はかろうじて理解ができた。

先ほど世津子が口にしていた「菅原先生の大事な話」というのは、どうやらこのことか。

でも——。

「なんで、うちの倅《せがれ》なんですかねぇ」

良仁の戸惑いを読んだように、父が首をひねる。

まったくもってその通りだ。「小鳩会」の連中ならいざ知らず、どうして自分にまで声がかかるのだ。

良仁が上目遣いに見つめていると、菅原がおもむろに口を開いた。

「『高利貸し甚平《じんべい》』、良仁君、代役だったのによくできていたね」

言われて、ようやく思い当たる。

「高利貸し甚平」――四月の新入生歓迎会の劇だ。

主役の甚平を演じるはずだった祐介が流行り風邪にかかり、急遽《きゅうきょ》良仁が代役をすることになったのだ。

そんなこと、今の今まですっかり忘れていた。

「高利貸し甚平」は、イギリスの有名な小説「クリスマス・キャロル」を菅原が翻案した芝居だった。強欲な高利貸しの甚平が、今まで散々苦しめて死に追いやってきた村人たちの幽霊に祟《たた》られ、大晦日《おおみそか》にようやく改心するという内容だ。

「小鳩会」に所属する生徒はすでにほかの役についていたため、主役の甚平だけがあいてしまい、親友の祐介から直々に頼まれて、断り切れずに引き受けたのだった。

「突然だったのに、とても自然に演じていたよ」

菅原に微笑《ほほえ》まれ、良仁はまごつく。

それにはちゃんと、からくりがある。急な代役だったため、長い台詞《せりふ》はほとんど省いてもらった。実際良仁は、舞台の上でただひたすら幽霊に驚かされていただけだ。

そのことは、菅原だってちゃんと知っているはずではないか。

「俺、なにもしてないです……」

ぼそぼそつぶやくと、菅原は再びにっこりと笑みを浮かべた。

「そんなことはない。新一年生たちだって、あんなに怖がってたじゃないか」

「あ、あれは……」

良仁はますますしどろもどろになる。あれは別に、自分の演技のせいではない。

当時のことを思い返し、良仁ははたと悟《さと》る。

そうだ、実秋《さねあき》だ。

あの舞台を支えていたのは、幽霊役を演じていた実秋だった。

隣の組の実秋とは、普段あまり話したことがなかったが、物静かで大人しい印象だった。その実秋が、舞台に立つなりおどろおどろしい幽霊に豹変《ひょうへん》した。通し稽古のときにすら見せなかった迫真の演技に、良仁は本気で怖気《おじけ》づいてしまったのだ。

おかげで怖がる甚平も嘘のないものになり、感化された新一年生たちが次々と大声で泣き出す始末だった。

「あれは、実秋君の幽霊がうまかったせいです」

「うん」

良仁の言葉に、菅原がぽんと膝を打つ。

「実秋君は確かにすごい。でもそれを舞台の上で自然に受けとめた良仁君も、たいしたものだと思うんだ」

菅原がなにを言いたいのか、良仁はさっぱり理解ができなかった。

助けを求めるように視線をさまよわせると、父も母も怪訝《けげん》な表情を浮かべていた。

「返事は今すぐでなくていいので、とにかく、一度考えてみてほしいんです」

最後に菅原は父と母にそう告げて、頭を下げて帰っていった。

菅原の古びた背広姿が完全に見えなくなるまで、良仁はぼんやりと土間に立ち尽くしていた。

「で、お前、どうすんだ」

父に尋ねられ、はっと我に返る。

どうするもなにも……。

良仁は自分の気持ちが分からなかった。あまりに話が突然すぎて、やりたいとも、やりたくないとも思えない。いつもなら、ああしろこうしろとうるさい母までが、困ったように自分を見ていた。

菅原の説明によれば、わずかながら、給金までが出るという。

でもそれって、クラブ活動じゃなくて〝仕事〟ってことだよな。

麦踏みをしたり、たくあんを干したりして、小遣いをもらうのと同じことなんだろうか。

良仁が考え込んでいると、ふいに背後から声が響いた。

「やってみればいい」

それまで無言で様子を眺めていた兄の茂富が、きっぱりと告げる。

「何事も経験だ。せっかくだから、やってみればいいよ。な、よっちゃん」

茂富は良仁の肩をたたき、それから父の顔を見た。

「〝新しい時代〟がきたんだろ」

兄に声をかけられ、父がもぐもぐと口をつぐむ。

新しい時代――。

その言葉に、良仁の胸の奥にも小さな炎がぽっと灯《とも》った。


「新しい時代、か」

翌日の放課後、校舎の裏の「チョボイチ山」で落ち合った祐介は、草むらに寝ころんだまま、良仁の話にうなずく。

「よっちゃんの兄ちゃんは、さすがにいいことを言うね」

祐介が言うのなら、やっぱりそうなのだろう。深い意味は分からなかったが、良仁もまた、兄の言葉になんだか鼓舞された気分になった。

戦争は終わった。日本は負けたけれど、新しい時代がきたのだ。

小高いチョボイチ山からは、円錐《えんすい》台の綺麗な富士山がよく見える。雑木林の手前の広場で、誰かが晴れた空に凧《たこ》を揚げていた。風を受け、凧は天高く舞っている。

「で、ゆうちゃんも、ラジオに出んだろ？」

この日、「小鳩会」で、菅原教諭からラジオ出演に関する説明があったという。クラブ活動でもともと演劇を学んでいる、比較的余裕のある家の生徒たちは、ほとんどが諸手《もろて》を挙げて参加を表明したらしい。特に勝と世津子は、我こそが主人公だと息巻いていたそうだ。

ちぇっ――。

気に食わない二人組が調子に乗っているさまを思い描き、良仁は内心舌打ちをした。あの二人と始終顔を合わせることを考えると、それだけでやっぱり遠慮したくなる。

日本放送協会とやらがどんな内容のドラマを計画しているのかは知らないが、主役にふさわしいのは断然祐介のはずだ。

「そうだねぇ」

かたわらの祐介が意外なほど憂鬱そうな声をあげたので、良仁は少し驚いた。

「なんだよ、ゆうちゃんが出ないなら、俺も絶対に出ない」

焦って身を乗り出すと、祐介は緩慢に首を横にふる。

「出ないなんて言ってない。俺もいい機会だと思ってる。ただ……」

そこでふっと口をつぐんだ。

ただ、なんなのだ。

良仁は続きを待ったが、祐介は遠くの空に舞う凧を無言でじっと見つめている。

「……ただ、俺にも茂富さんみたいな兄ちゃんがいたらなって思っただけだよ」

長い沈黙の後、ようやくそう言って祐介は少し寂しげな笑みを浮かべた。

「そ、そうかな」

「そうだよ」

念を押されて良仁は押し黙る。

五歳年上の茂富は確かに優しく、物心ついた頃から喧嘩をした覚えもない。だがいつだって、優先されるのは茂富だ。父は次男の自分を見ていない。大事なことは、茂富としか話さない。

家の中はいつも二つに分かれている。父と兄、母と自分だ。

それを別段、不満に思ったことはないけれど。

今年から理系の専門学校に通い始めた茂富は、普段は良仁にあまり関心を持っていない様子だった。昨日、いきなり自分の肩を押したのは、むしろ意外な行動と言えた。

だからこそ、兄の言葉がこんなに心に残ったのかも分からない。

「でも、俺、本当に演技なんてできるのかな」

祐介の参加の意向を確認すると、今度はそもそもの不安が頭をもたげる。

第一、ラジオ放送劇だなんて――。

普段から、「小鳩会」で演技に親しんでいる祐介たちはともかく、良仁は国語の教本の朗読だって苦手なのだ。

「できるよ」

こともなげに祐介が言う。

「だって、〝甚平〟はちゃんとできたんだろう」

「いや、あれはさぁ……」

〝甚平〟がなんとかなったのは、全部幽霊役の実秋の功績だ。自分は単に、本当に怖がっていただけだ。

そう打ち明けると、祐介は笑いながら身を起こす。

「だからさ、舞台の上で、ちゃんと怖がれるっていうだけで合格なんだよ」

「はあ？」

祐介までが菅原と同じようなことを口にする。

それって一体、どういう意味だ。

「よっちゃんは、客席を気にしてないだろ。芝居をするのに、それが一番大事なんだ」

言い切られ、良仁は口をへの字に結ぶ。

腑に落ちないが、祐介の言うことは正しいのだから仕方がない。

「俺ができることで、よっちゃんにできないことなんてなにもないよ」

しかし、投げつけるように告げられて、良仁はびっくりした。

そんなこと、あるわけがない。

町に一軒しかない医院の一人息子の祐介と違い、自分は平凡な農家の次男坊だ。祐介のように成績優秀でもないし、人気があるわけでもない。

なぜ祐介は突然こんなことを言うのだろう。

思わずじっと見つめると、祐介がいつもの調子に戻って屈託のない笑みを見せた。

「それにさ、多少のお駄賃と、お菓子がついてくるらしいよ」

「お菓子！」

その一言に、すべての惑いがいっぺんに吹き飛ぶ。

「お菓子って、チョコとか、ガムとか、おせんべいとか」

「そうそう」

「ラムネとか、キャラメルとか、ビスケットとか」

「そうそう」

いちいちうなずいてくれる祐介に、良仁はすっかり嬉しくなった。

つまりラジオ放送劇に出れば、いつやってくるか分からない貨物列車を延々待つことをしなくても、お菓子が手に入るというわけか。おまけに、家の手伝いをしなくていいというのも魅力的だ。

そのとき、背後の藪《やぶ》ががさりと音を立てた。

驚いてふり向くと、小柄な男子が藪をかき分けて顔をのぞかせている。

隣の組の将太《しょうた》だ。

「あれ、将……」

声をかけかけて、良仁は口をつぐんだ。将太が、紙巻き煙草《たばこ》をふかしていることに気づいたからだ。茫然と見つめていると、将太は垢《あか》にまみれた顔に不敵な笑みを浮かべた。

「ふん」

微《かす》かに鼻を鳴らし、くるりと背を向ける。

再びがさがさと藪をかき分けてチョボイチ山を下りていく将太の後ろ姿を、良仁も祐介も無言で見送った。

将太は四年生のときに、峰玉にやってきた。東京大空襲で家を焼かれ、遠縁を頼ってきたのだと聞いている。もともと峰玉には、関東大震災のときに下町から移ってきた人たちの長屋があり、将太はそこで、母と幼い妹と三人で暮らしているという話だった。

父のいない将太は、滅多に学校にくることがない。やくざになった復員兵たちの使い走りをしているとも、池袋の闇市に出入りしているとも噂《うわさ》されている。

二本の指の間に紙巻き煙草を挟んでいた様子を思い浮かべ、良仁はごくりと唾をのむ。キャラメルだ、ビスケットだと浮かれていた自分は、将太の眼にどのように映ったのだろう。

「よっちゃん、ラジオに出よう」

ふいに、祐介が改まった口調でそう言った。

「一緒に、新しい時代を見よう」

「うん、見よう、見よう！」

良仁は何度も相槌《あいづち》を打つ。

新しい時代――。そのいささか大仰な響きに、良仁は酔っていた。

本当の意味はよく分からないが、そう口にすると、なんだか自分がいっぱしのものになった気がしてくる。自分を相手にしていない父や兄のことも、先刻の将太の眼差《まなざ》しに浮かんでいた侮蔑めいた色も忘れられる。

長くなってきた日がようやく傾き、夕映えの中、富士山の稜線《りょうせん》がくっきりと浮かんできた。揚げていた子供が家路についたのか、いつの間にか凧の姿が消えている。

「そろそろ帰ろうか」

祐介にうながされ、良仁は立ち上がった。

大丈夫だ。

ゆうちゃんと一緒なら、なんだってやれる。

西の空に浮かんだ夕月を眺め、良仁は心に決めた。ここから眺める富士山の姿がいつまでも変わらないように、自分たちの友情も変わらない。二人で一緒にいれば無敵だ。

祐介は良仁の親友だ。これからだって、きっとずっと変わらない。

テスト

ＮＨＫ東京放送会館は、神殿を思わせる白亜の大きな建物だ。六階の上に、塔屋までついている。

分厚い鉄の扉で閉じられた部屋がずらりと並ぶ廊下に、良仁《よしひと》たちは通された。一つ一つの部屋は〝スタジオ〟というらしい。

「６」と数字の書かれた部屋の前で、良仁たちは待たされていた。長椅子に座った菅原《すがわら》教諭は、腕時計の針をじっと眺めている。妙に明るい蛍光灯の下、誰も口をきこうとしなかった。

この日、良仁は随分久しぶりにバスに乗った。練馬《ねりま》から東京放送会館のある田村町《たむらちょう》一丁目まで。日本放送協会が、特別に送迎のバスを出してくれたのだ。

菅原教諭に引率され、「小鳩会《こばとかい》」を中心とする十数人の生徒がバスに乗せられた。五年生が数人と、後のほとんどは良仁や祐介《ゆうすけ》をはじめとする六年生だ。もちろん勝《まさる》や世津子《せつこ》や、それから隣の組の実秋《さねあき》もいた。

「小鳩会」に入っていない良仁の同行に、勝は早くも不服そうだった。祐介の隣に座った良仁を、なにかとにらみつけてきた。だが、菅原の手前か、直接文句を言ってくることはなかった。

「日本放送協会は、今はＮＨＫっていうんだよ」

バスに乗っている間中、勝はそんなことを声高にしゃべり続けていた。

滅多《めった》に峰玉《みねたま》を出ることのない良仁はなにもかもが物珍しく、ずっと車窓の外を見ていた。馬車や牛車や人力の大八車《だいはちぐるま》を追い越して、バスはガタピシと車体をきしませながら走っていた。

車窓の向こうの景色は、都会になるほど荒《すさ》んでいった。

特に池袋や新宿の周辺は凄《すさ》まじかった。駅前にはどこまでもバラックが並んでいる。そこに、大勢の人たちがひしめき、ところどころで長蛇の列を作っていた。「雑炊食堂」、「どんどん煮」という、書き文字の看板が見える。あちこちにたくさんの瓦礫《がれき》の山が残り、それさえもバラックに飲み込まれそうになっていた。

その界隈《かいわい》を走る間は、流れ込んでくる臭いも強烈だった。食べ物の匂いの中に、強い腐敗臭やアンモニア臭が混じっていた。

あれが、闇市なのだろうか。

母は内緒にしているが、父と兄がたびたび闇市に出かけていることを、良仁は薄々知っていた。ふと、煙草《たばこ》をふかしていた将太《しょうた》の姿が脳裏をよぎる。

「お待たせしました」

そのとき、「6」と数字のついた、分厚い扉があけられた。

中から、これまで見たことのない綺麗《きれい》な女性が現れ、良仁も祐介も勝も眼《め》を皿のようにする。髪をきちんとセットした女性は、不思議な靴を履いていた。かかとが高く、履き口がハートの形をしている。

張り切って髪を縮らせてきた世津子が、羨望の眼差《まなざ》しでその靴を見つめた。

「どうぞ中へお入りください」

女性に招かれ、まず菅原教諭が分厚い扉の向こうへ入っていく。次いで勝、世津子、実秋たちが続き、良仁は祐介に手招きされ、五年生たちと一緒におずおずと足を進めた。

最初に眼に飛び込んできたのは、部屋の真ん中に一本置かれたマイクだった。

そのマイクの向こうに、数人の男性が座っている。全員、父と同じくらいか、少し年上のように見えた。中には、白髪まじりの少々強面《こわもて》の人もいる。

「君たち、よくきてくれたね」

丸眼鏡《めがね》をかけ、口ひげをたくわえた男性が、良仁たちを見るなり声をかけてきた。白いシャツを着た小柄な男性は優しそうだったが、丸眼鏡の奥の眼の下が少し黒ずんでいる。

「今回のラジオ放送劇の脚本を書く、菊井《きくい》先生だよ」

菅原教諭に紹介され、良仁たちは慌てて頭を下げた。

「それじゃ、早速テストに入ろうか」

菊井の言葉を受けて、座っていた男性の一人が立ち上がる。赤い夏物のセーターのような服を着た、大柄な男性だった。男の手から、カーボンで複写したわら半紙が前列の勝たちに配られる。良仁は祐介の背後からのぞいたが、なにが書いてあるのかは読めなかった。

「誰から始めますか」

菊井の言葉に、一瞬部屋の中がしんとする。

祐介の陰に身を潜め、良仁はやはり自分がとんでもなく場違いなところにきてしまったのではないかと感じた。案内してくれた綺麗な女性といい、自分たちの前にいる男性たちといい、この部屋にいるのは良仁が今まで会ったことのない大人たちだ。

眼の下に隈《くま》を作っていたり、見たことのない服や靴を身につけていたり――。

学校の先生たちとも、峰玉にいる大人たちとも違う。なにか独特の雰囲気を全身にまとっている。

「はいっ！」

果敢に勝が手をあげた。

「それじゃ、勝君から始めましょう」

菅原にうながされ、わら半紙を持った勝がマイクの前に進み出る。途端にマイクが、ズーッと妙な音を立てた。どうやら勝の鼻息の音らしい。

勝は一瞬きょとんとしたが、気を取り直してわら半紙を握りしめた。

「〝お、おどうちゃんなんかなんでえ、おがあちゃんなんかなんでえ、に、兄さんなんがなんでえ〟」

「はい、そこまで」

台詞《せりふ》はまだ続くようだったが、そこで菊井からストップがかけられた。

あれ？

良仁は眼を見張る。部屋の中に響くのは、いつもの勝の声と違う。おまけになんだかにごって聞こえる。

「滑舌《かつぜつ》、よくねぇなぁ……」

一番年上に見える白髪まじりの男性がぼそりとつぶやいた。

〝カツゼツ〟——？

初めて聞く言葉に、良仁は内心首をひねる。

「ナベさん、今の聞ける？」

菊井からナベさんと呼ばれた白髪まじりの男性が部屋の隅にいき、見知らぬ大きな機械をいじり始めた。

〝お、おどうちゃんなんかなんでえ、おがあちゃんなんかなんでえ……〟

すると、先刻の勝の声が部屋中に響き渡った。

「これ、俺の声じゃない！」

途端に勝が大声をあげる。良仁にもそう思えたのだから、本人の違和感は相当なものだろう。おまけに録音には、耳障りな鼻息や、わら半紙を握りしめるガサガサという雑音までがまじり込んでいた。

「機械を通すと、声が少し違って聞こえるんだよ」

菅原が説明してくれたが、勝は不満そうに頬《ほお》をふくらませている。

「俺、こんな変な声じゃないし、こんなになまってないし……」

散々言い訳をしているが、それが勝の声であることは間違いがないのだろう。率直に言って、勝の台詞はひどく聞き取りづらかった。

勝に続き、何人かがマイクの前に立ったが、結果は似たり寄ったりだった。学芸会や新入生歓迎会の芝居のときにはそれなりになんとかなっていたのに、マイク一本を通して台詞を読むと、急に粗《あら》が目立ち始める。

あんなに真に迫った幽霊役を演じた実秋までが、蚊の鳴くような声しか出せないのを見て、良仁は逃げ出したくなってきた。

「おいおい、こんなんで本当に間に合うのかね。放送は七月の頭だろ」

ナベさんが、菊井の耳元でこそこそとささやいている。赤いセーターの男性は、眉間にしわを寄せて腕を組んでいた。

「じゃあ、次、祐介君」

菅原の声に、良仁はハッとする。祐介がちらりと良仁をふり返った。

ゆうちゃん、頑張れ――！

良仁の心の声が届いたのか、微《かす》かな笑みを残して祐介はマイクの前へ進み出た。

「〝お父ちゃんなんかなんでぇ、お母ちゃんなんかなんでぇ、兄さんなんかなんでぇ〟」

祐介の声が響く。

初めて菊井からストップがかからなかった。

「〝兄さんは戦地へいったんだ。死んだかも分からねぇんだ……。俺の兄さんは、俺がお父っつぁんに叱られるときには、俺のこと逃がしてくれたんだぞ〟」

最後まで台詞を読み終えて、祐介が口を閉じる。いつも聞いている声とは少し違っていた気がするが、祐介の声は変わらずに澄んでいた。

ようやく、菊井やナベさんの顔に満足げな色が浮かぶ。赤いセーターの男も、小さくうなずいていた。

やったぜ、ゆうちゃん。

良仁は、わがことのように誇らしかった。

「それじゃ、良仁君」

菅原に名前を呼ばれてギョッとする。祐介の番が終わった時点で、すっかりすべてが終わった気になっていたのだ。

「大丈夫だよ、よっちゃん」

すれ違いざま、祐介がささやく。その声に励まされながら、良仁はなんとか足を踏み出した。

ぎくしゃくと、手と足が一緒に動く。独特の雰囲気を放つ大人たちの視線を浴びて、頭の中が真っ白になった。歩きかたまで忘れてしまったみたいだ。

黒光りするマイクの前に立つと、一気に心拍数が上がる。わら半紙に書かれた台詞を追う眼がちかちかした。

だめだ。なにがなんだか分からない。

無理やり口をあければ、ひっくり返ったような突拍子もない声が出た。

「〝お、おと、おとと、うちゃん、なんか、な、なん、でぇ……〟」

今までの誰よりもひどい。

「はい、結構」

すかさず菊井にさえぎられ、良仁は全身にこもっていた力を抜いた。

「滑舌どころか、ろれつが回ってねえよ」

ナベさんに苦笑されて、どっと冷や汗が噴き出す。皆のところに戻ると、勝がバカにしたようにこちらを見ていた。

お前だって、俺に毛が生えたようなもんじゃないか。

にらみ返してやりたかったが、今はその気力もわかない。祐介に肩をたたかれ、良仁は無言でうなだれた。

こんなところ、くるんじゃなかった——。

つくづく性に合わないと思って周囲を見回すと、壁にもたれていた綺麗な女性と眼が合った。女性ににっこりと微笑《ほほえ》まれ、頬に血が上る。

男子のマイクテストが終わり、今度は女子に台詞のわら半紙が配られた。

すると、ここでも問題が起こった。

「私、こんなの読めません」

一番手を任された世津子が、いきなり大声をあげたのだ。

「難しい漢字があるのかな」

身を乗り出した菅原に、「違います！」と気色ばむ。

「漢字なんて、私、読めます。でも、ここに書いてあるような下品な台詞、読みたくないんです！」

はねつけるように言うなり、世津子はツンと鼻をそらした。

菊井の顔に、「ほほう」という色が浮かぶ。不思議なことに、菊井もナベさんも赤セーターも、世津子の態度に腹を立てているようには見えなかった。

世津子がテストを放棄したので、台詞の紙は後方で控えていた女子たちに回された。

ひときわ小さな女の子が前に進み出る。

五年生らしいおかっぱ頭の女子は、言われなければ、新入生と見間違えるほど小柄だった。

その子が頭上のマイクをぐいと見上げる。

壁際にいた女性がやってきて、マイクの高さを女の子の身長に合わせてくれた。女の子は両手でわら半紙を眼の前にかざし、表彰状でも読み上げるように声を発した。

「〝だって、あたい、腹が減ると悲しくなるんだよ。腹が減ると、足がしなびて、歩けなくなってしまうよ、ねえ、そうだよね〟」

これが世津子曰《いわ》く「下品な台詞」か。

確かに、お嬢さん気取りの世津子が好む物言いとは思えない。

「〝あたい、嫌だよ。だって、あたい、寂しいじゃないか。兄ちゃん、どこへもいっちゃ、だめだよ〟」

読み終えると、女の子はきりっと口元を引き締めて、他の女子たちの列に戻っていく。

小さな体に似合わない、朗々とした発声だった。

ただし、恐ろしいほどの棒読みだった。

小さな女の子に続き、何人かの女子がマイクの前に立ったが、どの子も、声が小さかったり、くぐもっていたりした。

結局、最初の棒読みが一番耳に残ったように感じられた。

「これで全員終わりましたね」

菅原の言葉に、良仁はほっとした。

やれやれ――。やっと、ここを出ることができる。肩から重い荷物が下りた気がした。

「ちょっと、スガちゃん」

それまで黙っていた赤セーターの男がおもむろに口を開いたとき、良仁はなぜかひやりとした。学校の先生が家へきたりすれば、父も母もかしこまる。

〝スガちゃん〟

それなのに、自分たちの先生を、そんなふうに気安く呼ぶ人がいるとは思わなかったのだ。

「みんな、先に表に出ていてください」

菅原は意に介した様子もなく、手招きする赤セーターのもとへと向かっていく。

もしかすると、ラジオ番組の関係者である菅原の遠縁というのは、この赤いセーターの男のことなのかもしれない。

かかとの高い靴を履いた綺麗な女の人にうながされ、良仁たちはぞろぞろとスタジオの外に出た。

「これって、一体、なんの芝居なの？　自分のこと〝あたい〟なんて言わなきゃいけないんなら、私、ラジオなんか出ないわ」

廊下の長椅子に座るなり、世津子が憤懣《ふんまん》やるかたない様子で首をふった。

勝も実秋も、ほかの「小鳩会」の生徒たちも、心なしか元気がない。けれどそれは世津子の憤慨とは違い、自分たちの朗読が思った以上にうまくいかなかったからのようだ。

「俺って、本当にあんな声なのかよ……」

我こそが主役と張り切っていたはずの勝まで、いささか消沈している。

「まあ、誰かさんよりは、断然ましだったけどな」

それでも、こちらに嫌みを言うことだけは忘れない。

うるせえ。五十歩百歩だ。

「あんな中でマイクを前にすれば、誰だって緊張するよ」

静かな口調で助け舟を出してくれたのは、意外にも実秋だった。

「良仁君は練習すれば、ちゃんとできるよ。祐介君の代役だってできたんだから」

またしても「甚平」か。

「あれは、台詞を散々けずったから、たまたまできただけだろ」

その通りなのだが、勝に指摘されると腹が立つ。

それに、舞台がうまくいったのは、すべて実秋の功績だ。その事実を伝えようと口を開きかけて、良仁は結局言葉をのんだ。舞台の上であれだけの演技力を見せた実秋が、今日はどうにも精彩がなかった。

「実秋君だって、いつもの調子でやればうまくいったのに」

唯一、台詞を最後まで言うことのできた祐介が、良仁の気持ちを代弁してくれた。

「いや、あれだけだと、〝気持ち〟がよく分からなくて……」

実秋が苦笑する。

〝気持ち〟とは、一体なんのことだろう。

だが、「高利貸し甚平」のときも、実秋は練習のときと本番のときでは別人のような豹変《ひょうへん》を見せた。ひょっとすると実秋は、調子が出るときと出ないときの差が大きいのかもしれない。

「本当にあれって、なんの芝居なんだろう。俺たちが演じるのは、どんな役なのかな」

実秋が首を傾《かし》げる。

父ちゃんがなんだ、母ちゃんがなんだ、兄さんがなんだ……。

そんなことを口走るのはどういう少年なのだろうと、良仁も思いを馳《は》せた。

「なんか、変だったよね」

ふいに祐介がつぶやく。

「変って、なにが」

勝が横柄に顎《あご》を突き出した。

「あの人たち、なんとなくピリピリしてた」

祐介の指摘に、全員がしんとする。

〝おいおい、こんなんで本当に間に合うのかね。放送は七月の頭だろ〟

ナベさんと呼ばれていた白髪まじりの強面《こわもて》の男性のささやきが、脳裏をよぎった。

「だって、学芸会だって、もっと何か月も前から練習するじゃないか」

祐介も、ナベさんのささやきを聞いていたのだろう。確かに、七月の頭といったら、後一か月とちょっとしかない。

「そうだ、そうだ、このラジオ、おかしいよ！」

鬼の首でも取ったかのように、勝が騒ぎ始める。

「そうよ、〝あたい〟だなんて、断然おかしいわ！」

すかさず世津子も抗議の声をあげた。

言っている意味は違っても、歩調だけがそろってしまうのが、この二人のおかしなところだ。

「そうだ、そうだ！」

最初に指摘したのはゆうちゃんなのに、勝のやつ、本当に調子だけはいいよな……。

良仁は白けたが、「小鳩会」のほかの皆は声の大きな二人に扇動されて、不安げにざわざわと顔を見合わせた。

「待たせたね」

そのとき分厚い扉が開き、菅原教諭が戻ってきた。ざわついていた廊下が再びしんとなる。中でどんな会話が交わされたのだろう。

良仁も祐介もすかさず視線を走らせたが、菅原の顔には、いつものつかみどころのない表情が浮かんでいるだけだった。

「皆さんへ、今日のお礼です」

菅原の後から出てきた女性が、紙包みを配り始める。紙包みの中には大粒の金平糖《こんぺいとう》が入っていた。全員から大きな歓声があがる。

きらきら輝く金平糖を前にした途端、良仁は不安も不満もすっかりどうでもよくなってしまった。

特訓

「拙者親方《せっしゃおやかた》と申すは、お立ち会いのうちに、ご存じのお方もござりましょうが、お、御江戸……」

「はいっ！　最初からもう一回」

ほんの少し言葉に詰まっただけで、厳しい声が飛んでくる。

ちぇ、ようやく、ちょっとはうまく読めたと思ったのに――。

「ほら、どうしたの。さっさと初めから読み直して」

良仁《よしひと》が顔をしかめていると、容赦なく催促された。

「拙者親方と申すは、お立ち会いのうちに、ご、ごご、ご存じ……」

「はいっ！　もう一回」

先程から何回も繰り返しているが、少しも先に進めない。

一体、どうしてこんなことになったのか――。

教室の前に立たされ、わら半紙に書かれたさっぱり意味の分からない台詞《せりふ》を何回も朗読させられるうち、良仁は眼《め》が回りそうになってきた。

「拙者親方と申すは、お立ち会いの、な、中に……」

「はいっ！　もう一回」

「拙者親方と申すは、お立ち会いのうちに、ご存じのお方もおざりましょう……」

「おざりましょうじゃなくて、ござりましょう！」

「せ、せせ、拙者」

やればやるほど、だめになる。

「はい、もうそこまで。良仁君は、後ろで自主練してきてちょうだい」

ようやく解放され、良仁はほっとした。

「ちゃんと読めるように練習するのよ。後でまたテストするからね」

腕を組んだ女性が、教壇からにらみつけてくる。

色白の丸顔に黒目勝ちの大きな瞳。母よりは若いのかもしれないが、ひっつめ髪に、明らかに元はモンペと分かる更生服姿は充分におばさんだ。

日本放送協会――ＮＨＫ東京放送会館でのテストから数日後、学校に一人の見慣れぬ女性がやってきた。

〝ラジオ出演に向けて、これから君たちを指導してくれる重子《しげこ》先生だ〟

ぽかんとしている良仁たちに、菅原《すがわら》教諭がいつものつかみどころのない表情で淡々と紹介した。

〝重子先生は、もともと舞台で芝居をしていた演技の専門家だ。皆さん、今後は重子先生の指導をよく聞くように〟

そう言うなり、菅原はすべてを重子に任せて教室から出ていってしまった。

その日以来、放課後の空き教室を使い、まったく訳の分からない「外郎《ういろう》売り」の台詞を朗読する猛特訓が始まった。

「はいっ、だめ！　もう一回」

良仁の後に朗読を始めた勝《まさる》にも、鋭い叱責が飛んでいる。

やれやれ……。

良仁は肩で息をついて、教室の後方に向かった。

ようやく退屈な授業が終わったというのに、放課後になるたび、国語の教本より難しい朗読をさせられることになろうとは――。

いや、放課後だけではない。

菅原から先日のテストでの様子を聞かされた重子は、毎朝授業の前の早朝に良仁たちを集めて、校庭で発声練習をさせた。

あえいうえおあお　かけきくけこかこ
これまた意味の分からない呪文のような言葉を、腰の後ろに手を組んで、思い切り大声で言わされる。

〝ただ大声をあげてれば、いいってもんじゃないんだからね〟

良仁たちの周囲を回りながら、重子は矢継ぎ早に号令をかけてきた。

胸を張れ、背筋を正せ、お腹《なか》に力を入れろ、喉から声を出すな、お腹から声を出せ、口をきちんと開け、声を全身に響かせろ、云々《うんぬん》かんぬん。

そんなにいっぺんに、色々できてたまるか。

第一、あえいうえおあお、かけきくけこかことは何事だ。五十音といったら、あいうえおかきくけこさしすせそたちつてと、ではないのか。

言いたいことは山ほどあったが、御託の多い勝ですら口を挟むことはできなかった。

物静かな菅原と違い、重子には有無を言わせぬ迫力があったのだ。

鬼ばば。

この数日間で、重子に定着したあだ名だった。もっとも本人の前で口に出す勇気は誰にもない。

「ああ、もう、全然、だめだめ！　勝君も後ろで練習してきて」

勝も早々に追い返される。

不貞腐《ふてくさ》れて戻ってきた勝が、じろりと良仁を見た。

「おい、良仁。逃げ出すなら、今のうちだからな」

自分だってつっかえつっかえのくせに、たたく口だけはでかい。

「そっちこそ」

良仁は鼻を鳴らした。本当は今すぐ逃げ出そうと考えていたのだが、勝に言われると癪《しゃく》に障る。

実に意外なことだが、良仁はテストに受かっていた。

祐介《ゆうすけ》はもちろん、実秋《さねあき》や勝や、なぜだかテストを放棄した世津子《せつこ》の名前までが、ＮＨＫから菅原のもとへ送られてきたリストに入っていた。

しかしこれには理由がある。スタジオでの異様な雰囲気に恐れをなした「小鳩会《こばとかい》」のメンバーの多くが、事前に菅原に辞退を申し出てきたというのが実情だった。

良仁はまごまごしている間に、出演メンバーに取り込まれてしまったのだ。

確かに、逃げるなら今のうちだよな……。

窓辺に寄り、良仁は暗い空を見上げた。

初夏のような晴天が多かった五月と変わり、六月に入った途端、毎日冷たい雨が続いている。今年の梅雨入りはいつもより早いようだ。蕭々《しょうしょう》と降りしきる雨に打たれ、校庭はすっかり濡《ぬ》れそぼっている。

帰れば帰ったで、下肥《しもごえ》の汲《く》み取《と》りの手伝いが待っているだけだろう。雨の中で行う汲み取り作業は、難儀なものだ。

だったら、まだ教室で「外郎売り」に取り組んでいるほうがましだろうか。

汲み取りの手伝いをしているよりは、ラジオ放送劇に出るほうがよっぽど「新しい時代」なのだろうし。「新しい時代」に生きている大人たちからは、少々胡散臭《うさんくさ》いものを感じたが、もう一度あそこにいけば、また、金平糖《こんぺいとう》をもらえるかもしれないのだ。

大粒の金平糖の甘さを思い出すと、それだけで唾液がわく。

「こんな練習一体なんになるんですかっ！」

ふいに、教室の前方で金切り声が響いた。

教壇を挟んで、世津子が重子に対峙《たいじ》している。

おお……。

良仁は内心感嘆した。考えてみれば、鬼ばばと真っ向から対決できそうなのは、勝ち気で我《わが》儘《まま》な世津子くらいのものだ。

「下品な台詞」に激昂《げきこう》し、早々にラジオ出演を固辞していた世津子だが、その後の「君にぴったりなお嬢さまの配役があるそうだ」という菅原の説得にころりと態度を変えた。

〝お嬢さま〟という言葉が、よほど琴線に触れたらしい。

「意味も分からない台詞を読んでも、なんにもなりません！」

世津子がきんきんと言い募る。

おおお……。

鬼ばば対お嬢さま気取りの対決に、良仁は秘《ひそ》かに胸を躍らせた。

できることなら教育勅語や歴代天皇名の暗唱のときにもこのくらいはっきりと意見してほしかったけれど、戦争中は誰であっても口答えなど許されない雰囲気があった。

「ちゃんと意味はありますよ」

鬼ばば――もとい、重子が全員に向き直る。

「『外郎売り』の朗読は、みんなの滑舌《かつぜつ》をよくするための訓練です」

カツゼツ――。

〝滑舌、よくねえなぁ……〟

あのとき、白髪まじりのナベさんも、勝の朗読を聞いてそうつぶやいていた。

「カツゼツってなんですか」

皆を代表するように、実秋が手をあげる。

「滑舌っていうのは、台詞を聞き取りやすく、なめらかに、はっきり、きちんと発声することです」

腰に手を当て、重子が説明を始めた。

曰《いわ》く、練習に使っている「外郎売り」の台詞は、早口言葉を連ねて聞かせる歌舞伎十八番の一つなのだという。

「外郎っていうのは、昔の中国から伝わってきた薬の一種。痰《たん》を切ったり、口臭を防いだり、なんにでも効くの。その外郎の宣伝文句を、すらすら一気に聞かせてみせるのが歌舞伎の見せ場なのよ」

そこで、重子はすうっと息を吸い込んだ。

白いブラウスに包まれた重子の胸が大きくふくらみ、良仁は思わずどきりとする。

「拙者親方と申すは、お立ち会いのうちに、ご存じのお方もござりましょうが、御江戸を発《た》って二十里上方《かみがた》、相州《そうしゅう》小田原《おだわら》一色町《いっしきまち》をお過ぎなされて、青物町《あおものちょう》を登りへおいでなさるれば、欄干《らんかん》橋《ばし》虎《とら》屋《や》藤《とう》右《え》衛門《もん》、ただいまは剃髪《ていはつ》致して、円斎《えんさい》と名乗りまする……」

重子の暗唱が朗々と響き渡った。

良仁や勝はもちろん、実秋や祐介も、食い入るように重子を見ている。

「元朝《がんちょう》より大晦日《おおつごもり》まで、お手に入れまするこの薬は、昔ちんの国の唐人、ういろうという人、我が朝へきたり、帝《みかど》へ参内《さんだい》の折から、この薬を深く籠《こ》めおき、用《もち》ゆるときは一粒ずつ、冠のすき間より取り出す。よってその名を帝より、とうちんこうとたまわる」

一区切りさせ、重子はにこりと微笑《ほほえ》んだ。右の頬《ほお》にぺこりとえくぼが浮かぶ。

「どう？　簡単に読んでるように聞こえるでしょう。これが滑舌よ」

教室中に、感嘆の息が漏れた。

相変わらず意味はさっぱり分からなかったけれど、暗唱自体は見事だった。

「テストの朗読の録音を聞かせてもらったけど、みんなはこの滑舌がまだまだなの」

重子は人差し指をぴんと立てる。

「ちゃんと、考えてみて。みんなの芝居はラジオで流れるのよ。みんなの家のラジオの音はどんな感じ？」

重子にうながされ、良仁は渋々答えた。

「……雑音がうるさい」

「それから？」

次に重子は祐介を見る。

「急に音が小さくなる」

「それもあるわね。それから？」

「後ろで変な英語が聞こえる」

「その通り！」

言われてみれば本当にそうだった。

ラジオはお茶の間の最大の楽しみだったが、聞くのはなかなかに大変なのだ。雑音はもちろん、電力供給が安定していないため、電球がふっと暗くなるのと同時に、ラジオの音も急に小さくなる。おまけに出力の強い進駐軍の英語放送が、常に背後につきまとっている。

「そんな中で、みんなはお芝居をしなければいけないの。普段通りにしゃべっているだけでは、お茶の間ではなにを言っているのか全然聞き取れないはずよ。だから、一語一句、きちんとはっきりと、加えて、つっかえずになめらかに発声する必要があるの」

重子は少し考える顔になった。

「みんなの中で、一番滑舌がいいのは……」

そりゃあ、ゆうちゃんだろう。

良仁は自慢の親友を見やる。

「都《みやこ》ちゃんね」

ところが重子が指差したのは、思いもよらぬ人物だった。

「都ちゃん、ちょっと前へ出て、読んでみてくれる」

重子に招かれて教壇に上がったのは、あのおかっぱ頭の小さな五年生だ。

口をへの字に結んだ都は、再び表彰状のようにわら半紙を眼《め》の前に掲げた。

「せっしゃおやかたともうすは、おたちあいのうちに、ごぞんじのおかたもござりましょうが、おえどをたってにじゅうりかみがた……」

意外なことに、都はまったくつっかえずに朗読を始めた。

「そうしゅうおだわらいっしきまちをおすぎなされて、あおものちょうをのぼりへおいでなさるれば、らんかんばしとらやとうえもん、ただいまはていはついたして、えんさいとなのりまする」

「はい、いいわ」

重子が満足そうにうなずく。

「都ちゃんは小柄だけど、声がしっかり出てるわね」

確かに都はただの一度もつっかえずに、はっきりと発声しながら朗読をしてみせた。意味が分かっているようには思えなかったが。

「もしかしたら都ちゃんは、普段から歌を歌ったり、大きな声を出したりすることがあるのかしら」

重子に尋ねられ、都はしばし小首を傾《かし》げていた。やがて思い当たったように、おもむろに口を開く。

「とぉおおおふぅううっ！」

教室中に、都の声が響き渡った。

「分かった。都ちゃんのおうちは、お豆腐屋さんなのね」

重子がにっこり微笑み、都のおかっぱ頭に手をのせる。

「お父ちゃんのお手伝いで、ラッパも吹くよ」

都は淡々とうなずいた。

「それで、肺活量が大きいんだわ」

右頰にえくぼを浮かばせて、重子は都の頭をなでている。

へえ――。

良仁は少し驚いた。「小鳩会」に入っているのは、家の手伝いをする必要のないお金持ちの連中ばかりだと思っていたのだが、どうやら、そうとも限らないらしい。

「それに比べて、男子！　ちょっと情けないんじゃないの」

思い切り眉を吊《つ》り上《あ》げて、重子が鬼ばばの顔になる。視線の先にいるのは、完全に良仁と勝だった。

そんなこと言ったたって……。

年下の都があれだけはっきりと発声できることを考えると、成程、情けない気もするが、朗読というのは結構骨が折れるのだ。眼に見えている文字を読むだけなのに、なぜか声が上ずったり、かすれたり、つっかえたりしてしまう。変なところで区切ったり、抑揚が崩れたり。

それを制御するのが、滑舌というものなのだろうか。

「でも、心配は必要ありません」

良仁の顔色を読んだように、重子が眉間のしわをほどいた。

「滑舌は訓練によって誰でもよくなります」

この長台詞を最後まできちんと言い切ることができれば、大抵の台詞は発声ができるはずだと、重子は太鼓判を押す。

「運動をするときだって準備体操が必要でしょう？　発声も同じです。声を出す筋肉を鍛えることが大事なんです。だから、毎朝の発声練習と、『外郎売り』の朗読には、ちゃんと意味があるんですよ」

一つ息をつき、重子は胸を張った。

「基礎練習さえしておけば、お芝居の経験のある皆さんなら、ラジオ放送劇だって立派にできるはずです」

その声には信頼がこもっていた。

良仁は秘かに、小さな感動を覚える。初めて自分たちの疑問に、納得のいく説明をしてくれる大人が現れた気がした。今まではなにが起きても、誰もこんなに丁寧に理由を述べてはくれなかった。

神の国である日本が戦争に負けたことも。両陛下の御真影《ごしんえい》をまつる奉安殿《ほうあんでん》が突如撤去されたことも。教科書に延々墨を塗らされたことも。担任や両親をはじめ、その理由を教えてくれる人は、誰一人としていなかった。

そう考えれば、「新しい時代」はＮＨＫの白亜の神殿のような東京放送会館だけではなく、この木造の校舎にもやってきたのかもしれない。

「世津子ちゃん、分かった？」

最後に重子は世津子を見た。

世津子は唇をとがらせていたが、反論はしなかった。


その日、良仁は祐介と実秋と一緒に帰途についた。まだ雨が降りしきっていて、良仁と実秋は、祐介の大きな蛇の目傘に入れてもらった。

「まずこの薬をかように一粒舌の上にのせまして、腹内《ふくない》へ納めますると、いやどうも言えぬは、胃、心、肺、肝がすこやかになって、薫風喉《くんぷうこう》よりきたり、口中微涼《びりょう》を生ずるがごとし……」

良仁に請われ、祐介が「外郎売り」の中盤部分を暗唱してみせる。

祐介の暗唱は、リズムも取れていてとても聞きやすい。

「さすがはゆうちゃんだよな」

綺麗《きれい》な発声の暗唱に、良仁も実秋も聞きほれた。祐介の上達ぶりには、鬼ばばも大いに相好を崩していた。

「でもあの調子だと、また辞退者が出るかもね」

暗唱を切り上げて、祐介がつぶやく。その指摘に、良仁は帰りがけにひそひそとささやき合っていた一団がいたことを思い返した。

〝こんなに苦労するなら、別にラジオなんて出なくたって構わない〟

〝お菓子だって、お父ちゃまにお願いすれば買ってもらえるし〟

そんなふうに肩をすくめてみせている女子がいた。

訓練によって滑舌はよくなるという解説は明快だったが、祐介が言うように、誰もが重子のしごきについてこられるわけではなさそうだった。

だが、真っ先に匙《さじ》を投げそうな勝と世津子が踏ん張りを見せているのが、意外といえば意外だ。世津子は〝お嬢さま〟への妄執だろうが、勝のほうはなんだろう。嫁にしたい世津子の手前、格好をつけているのだろうか。

「実秋君は、本当はもっとうまく読めるはずだよ」

祐介が実秋に声をかけた。

「そうだよ。実秋君なら……」

蛇の目傘を持っている祐介越しに、良仁も実秋をのぞき込む。ひょろりと背の高い実秋は、身をかがめるようにして傘に入っていた。

「実秋でいいって」

自分も「ゆうちゃん」と「よっちゃん」と呼ぶからと続けられ、良仁はうなずく。

「『高利貸し甚平《じんべい》』のとき、実秋の幽霊役、ものすごく怖かったもの」

あれだけ真に迫った演技ができる実秋が、このところ精彩がないのは不思議だった。

「ああ」

実秋が苦笑する。

「俺、気持ちが分からないとできないんだよ」

出た。〝気持ち〟。

この間のテストのときにも、実秋はそんなことを言っていた。

「気持ちってなに」

祐介の問いかけに、良仁も身を乗り出す。

「たとえばさ」

実秋が真剣な顔になった。

「外郎って本当に効く薬なのかな？　外郎売りは一体どんな気持ちでそれを売っているんだろう」

はて。

わら半紙に書かれた文字を追うばかりで、良仁はそんなことを考えたことは一度もなかった。

「それが分かれば、入ってきてくれるんだ」

「入ってきてくれる？　なにが」

「台詞が」

はて。

「それにあのとき、あれだけ気持ちを入れられたのは、よっちゃんのおかげだよ」

「俺の？」

聞けば聞くほど、よく分からない。

「実秋は面白いことを考えてるんだね」

良仁は判然としなかったが、祐介は感心したようにうなずいている。

「こんなこと考える必要、本当はないんだろうけど」

実秋が顔を赤らめた。

「なくても考えるところが、実秋の偉いところだよ。……俺は、そこまでのことはしないから」

ふっと祐介が口をつぐむ。

二人の友人が黙ると、急に雨音が強くなった気がした。

やがて、三差路を曲がる実秋と別れ、良仁は祐介と二人きりになった。

「ゆうちゃん、今度は俺が持つよ」

重たい蛇の目傘の柄を、交代で握る。

良仁の家では、雨が降っても蛇の目傘は持たせてもらえなかった。ぼろぼろの編《あ》み笠《がさ》を頭にかぶるのが関の山だ。もっとも父や兄もそれで農作業をしているのだから、文句は言えない。

立派な蛇の目傘は、ずしりと重かった。

「また峰川が増水するかもな」

祐介が、しつこく降り続く梅雨空を見上げる。これでは雨が上がっても、しばらく峰川に入ることはできないだろう。朝礼でくどくど告げる校長の顔が浮かぶ。

「〝川に近づかないこと〟」

良仁と祐介の声が重なった。

まったく同じことを考えていたことが可笑《おか》しくて、良仁も祐介もゲラゲラと笑い合う。

なんでもできる祐介が、親友でいてくれて嬉《うれ》しい。

ゆうちゃんと一緒にラジオに出るんだ。

そう考えると、単純に胸が躍る。どんなに鬼ばばのしごきがきつくても、負けやしない。

「ゆうちゃん、またね！」

家の前まで送ってきてくれた祐介に手をふり、良仁は雨の中、土間に向かって駆け出した。

伏兵《ふくへい》

重子《しげこ》の特訓が始まって一週間が過ぎたが、良仁《よしひと》はいまだに「外郎《ういろう》売り」の台詞《せりふ》を読み通すことができずにいた。

〝さて、この薬、第一の奇妙には、舌のまわることが、銭ゴマがはだしで逃げる。ひょっと舌がまわり出すと、矢も盾もたまらぬじゃ。そりゃそりゃ、そらそりゃ、まわってきたわ、まわってくるわ……〟

居残り練習を終えた良仁は、暮れかけの道を、わら半紙を見つめたまま歩いていた。

〝あかさたなはまやらわ、おこそとのほもよろを、一つへぎへぎに、へぎほしはじかみ……〟

一体、なんのことやら――。

わら半紙の文字を追いながら、良仁は途方に暮れる。

前回の重子の説明で「外郎売り」を練習する意味は分かったものの、書かれている内容は相変わらずとんと理解できない。

祐介《ゆうすけ》が懸念していた通り、あれから多くのメンバーが練習にこなくなった。居残りまでして踏みとどまっているのは、今では良仁と勝《まさる》くらいだ。

ゆうちゃんと実秋《さねあき》は、もう結構さまになってるものな。

良仁の口から溜《た》め息《いき》が漏れる。

いつまでたってもだめなのは、俺と勝だけかよ。

おちびの都《みやこ》ですら、読み通せるというのに……。

この先も、一番苦手な勝と延々顔を突き合わせることになるかと思うと、気分が重くなった。

ことあるごとに、競争心むき出しで突っかかってこられるのにも、ほとほと閉口している。

だが、ここまできたら、もう後には引けないという心持ちもまた、ふつふつと胸にわいてくるのだった。

〝盆まめ、盆米、盆ごぼう、摘蓼《つみたで》、摘豆《つみまめ》、摘山椒《つみざんしょう》、書写山《しょしゃざん》の写僧正《しゃそうじょう》、粉米《こごめ》のなまがみ、粉米のなまがみ、こん粉米のこなまがみ……〟

舌をかみそうな台詞を、懸命に追っていく。

「ええっとぉ……、ぼんまめ、ぼんごめ、ぼんごぼう、つみたで、つみまめ、つみざんしょう」

ええっとはいらないの！

耳のすぐ近くで、鬼ばばの怒声が響いた気がした。

数日降り続いていた雨はようやくやんでいたが、すでに周囲は薄暗い。そろそろわら半紙の文字も読めなくなってしまいそうだ。

そのとき。

水溜《みずた》まりに足を踏み入れそうになり、良仁はよろけた。

「おっと」

いきなり眼《め》の前に現れた影が、良仁の手からわら半紙をかっさらう。

「なにすんだっ！」

驚いて見返せば、隣の組の将太《しょうた》がわら半紙を高く掲げて仁王立ちしている。

「なあ、お前ら、ラジオに出るって本当か」

わら半紙を掲げたまま、将太が声をあげた。垢《あか》にまみれたその頬《ほお》に、チョボイチ山で見たときと同じ、侮蔑めいた笑みが浮いている。

「関係ないだろ！」

良仁はわら半紙を奪い返そうと腕を伸ばした。そうはさせまいと、将太が器用に水溜まりを避けながら飛び退《しさ》る。

「この間、お前らが話してるのを聞いたぞ。駄賃と菓子が出るんだってな」

「それがどうした」

良仁は、てっきり将太が自分たちをバカにしているのだと思い込んでいた。だが将太が口にしたのは、良仁の想像とはまったく反対の言葉だった。

「俺も出る」

「は？」

ぽかんとした良仁の前に、将太がわら半紙をぶら下げる。

「こんなものを読めばいいだけなら、いくらでも読んでやる」

ふんと鼻を鳴らし、将太は良仁をにらみつけた。

「やい、良仁。お前、俺を菅原《すがわら》に推薦しろ。そうすれば、こいつを返してやるぞ」

なんだこいつ、偉そうに……。

「そんなもの、鬼ばばに言えばいくらでももらえるわ」

「鬼ばばって誰だ」

「演技の女の先生だ」

「演技の先生……？」

しばし考えてから、将太は少し真面目な顔になった。

「じゃあ、これは俺がもらってもいいんだな」

「……べ、別に、かまわないけどよ」

一体なんなんだこいつ。この間は、不良みたいに煙草《たばこ》をふかしていたけれど。

将太はいつも同じ格好をしている。今にもちぎれてしまいそうな袖がぼろぼろのシャツに無理やり腕を通しているのを見ると、良仁はほんの少しだけ心が揺れた。兄のおさがりであっても、つぎはぎだらけであっても、破れていない服を着ることのできる自分は、まだ幸運なのかもしれない。

それに、空襲で父を亡くした将太の妹は、まだうんと小さいはずだった。

「お前も菓子が欲しいのかよ」

「欲しいね。ただし、俺が食うんじゃない」

「妹にあげるのか」

尋ねると、将太の頬がぴくりと動いた気がした。

すぐさま、将太は大きく首を横にふった。

「違うね。俺にはそれを利用する手立てがあるんだ」

闇市――。どこまでも続く、バラックと人の波。

先日、バスの中から見た荒《すさ》んだ光景を、良仁は将太の背後に思い描く。

将太の眼が、夕闇の中で強い光を放っていた。

「でも、ラジオに出るには、テストを受けないといけないんだ」

「そんなもの、いくらでも受けてやる。お芝居なんて、屁《へ》でもねえ」

「だったら、自分で菅原先生に頼めばいいじゃないか」

「俺は『小鳩《こばと》会』に入ってない」

「俺だってそうだよ。だけど菅原先生は、お前の担任だろ」

「担任なんて……」

一瞬言葉に詰まった後、将太はペッと唾を吐く。

「とにかく、こいつをきちんと読めれば、その鬼ばばとやらは文句はないんだろう」

「……多分」

根負けしてうなずくと、将太は黒い歯を見せてにやりと笑った。

「見ていろよ。俺は、お前たちみたいな甘ちゃんとは訳が違うんだ」

翌日の放課後、重子が演技指導をしている教室に、本当に将太がやってきた。乱暴に教室の扉をあけ、将太はつかつかと足を進めた。

ほとんど授業に出ることのない将太が教室内に入ってきたことに気づき、「外郎売り」の台詞を練習していた生徒たちは、ざわざわと顔を見合わせる。

「おい！」

重子の前に立つなり、将太は大声をあげた。

「お前が、鬼ばばか」

うひゃあああ……！

良仁は卒倒しそうになった。

本人を眼の前に、堂々と「鬼ばば」呼ばわりするバカがどこにいる。

「なんの用かしら」

だが重子は意に介した様子もなく、まっすぐに将太を見返した。

「この長ったらしい台詞をきちんと読めたら、俺をラジオに推薦するか」

将太も負けじと重子を見上げ、昨日良仁から奪い取ったわら半紙をふりかざす。

「なに勝手なこと言ってんだ。これは『小鳩会』の課外活動だぞ」

坊ちゃん刈りをふり乱して勝が気色ばんだ。

「そうよ、そうよ。将太君なんて、クラブ活動どころか、普段の授業にだってきたためしがないじゃない」

すかさず世津子《せつこ》もキンキン声で加勢した。

「第一、将太君、あんた臭いのよ！」

鼻をつまむ真似《まね》をする世津子をさえぎるように、重子が一歩前に出る。

「いいわよ。だったらここへきて、読んで御覧なさい」

重子に手招きされ、将太は教壇にあがった。

小柄な将太が教壇の真ん中に立つと、教室中がしんとする。一段高い教壇から、全員の顔を見回し、将太は不敵な笑みを浮かべた。

「ふん！」

鼻を鳴らし、将太はおもむろにわら半紙を机の上に伏せる。

まさか――。

将太は、あの長台詞を暗唱するつもりでいるのだろうか。

「なんだ、あいつ、かっこうつけやがって。できるものかっ……！」

かたわらの勝が吐き捨てるようにつぶやく。祐介も実秋も、驚いたように将太を見ていた。

すっと息を吸い込むなり、将太は軽く身をかがめた。

「拙者親方《せっしゃおやかた》と申すは、お立ち会いのうちに、ご存じのお方もござりましょうが、御江戸を発《た》って二十里上方《かみがた》……」

全員の眼が皿のように丸くなる。

将太の口からすらすらと流れ出る台詞に、重子までが呆気にとられていた。

しかも。

将太の「外郎売り」は、ほかの誰の朗読とも違う。

はきはきとした重子の暗唱とも、綺麗《きれい》で聞きやすい祐介の朗読ともまるで趣が異なっていた。

「もしやお立ち会いの中に、熱海《あたみ》か塔ノ沢《とうのさわ》へ湯治にお出《い》でなさるか、または伊勢参宮《いせさんぐう》の折からは、必ず門違いなされますするな。お登りならば右の方、お下りなれば左側、八方《はっぽう》が八棟《やつむね》、表が三棟《みつむね》玉堂造り、破風《はふ》には菊に桐《きり》のとうの御紋を御赦免あって、系図正しき薬でござる……」

良仁は、初めてそこに、本当に「外郎売り」がいるのを感じた。

今までまったく顔の見えなかった「外郎売り」が、真っ黒な歯を見せて笑っている。

「まずこの薬をかように一粒舌の上にのせまして、腹内《ふくない》へ納めますると、いやどうも言えぬは、胃、心、肺、肝がすこやかになって、薫風《くんぷう》喉よりきたり、口中微涼《びりょう》を生ずるがごとし……」

眼の前にいるのは、油断のならない「外郎売り」だ。

インチキ臭いと分かっていても、ついつい引き込まれて聞いてしまう。それはもう、台詞ではなく、口上だった。

「盆まめ、盆米、盆ごぼう、摘蓼、摘豆、摘山椒、書写山の写僧正、粉米のなまがみ、粉米のなまがみ、こん粉米のこなまがみ……」

意味が分からないなりに、どんどんなにかが心に入ってくる。

頭では理解できなくても、伝わってくるものがある。

良仁はハッとした。

これが、実秋が何度も口にしていた〝気持ち〟というものか。

実秋を見やれば、食い入るような眼差《まなざ》しで将太の「外郎売り」を見つめている。

「すごいなぁ……」

思わずといった調子で、実秋がつぶやいた。紅潮した頰に、本人は気づいていないであろう喜悦の色が浮かんでいる。

「この外郎のご評判、ご存じないとは申されまいまいつぶり、角《つの》出せ、棒出せ、ぼうぼうまゆに、臼《うす》、杵《きね》、すりばち、ばちばちぐわらぐわらぐわらと……」

将太の「外郎売り」の口上の滑稽さに、初めて都たち下級生から笑い声が起きた。

良仁の口角も、知らぬうちに上がっている。

「羽目をはずして今日お出でのいずれもさまに、上げねばならぬ、売らねばならぬと息せい引っぱり、東方世界の薬の元締め、薬師如来も照覧あれと、ホホ敬って、ういろうは、いらっしゃりませぬか」

十分以上の長台詞が見事に終了し、将太が深々と頭を下げた。

誰からともなく拍手が沸き起こる。重子が、実秋が、祐介が、おちびの都までが自然な調子で手をたたいていた。もちろん、良仁もそれに加わる。

だが、勝と世津子が顔色を失っているさまを見て、だんだん恐ろしくもなってきた。良仁が一週間以上かけても読み通せない長台詞を、将太はたった一晩で頭に入れてしまったのか。

〝見ていろよ。俺は、お前たちみたいな甘ちゃんとは訳が違うんだ〟

昨日の将太の声が脳裏によみがえり、じわりと腋《わき》に汗がにじむ。

「すごい、すごい。あなた……、将太君、だったかしら」

重子が教壇にのぼって、将太の肩に手をかけた。

「だったら、俺をラジオに出せよ」

かぶっていた「外郎売り」の仮面を外し、将太は元の不敵な態度に戻っている。

「もちろん、菅原先生に話してみます」

「菅原なんかに話さなくていいから、今すぐ決めろ」

将太に詰め寄られ、さすがの鬼ばばが動揺したような表情を浮かべた。

「困ったわね。私は演技指導を任されているだけで、ここの正式な教員じゃないのよ。菅原先生の許可がないと……」

重子の煮え切らない返事に、将太が思い切り舌を打つ。

そのとき、教室の後ろ扉ががらりとあいた。

「私の許可なら問題ありませんよ、重子先生」

見計らったように、声が響く。

いつもの着古した背広を羽織った、菅原教諭が立っていた。

「将太君」

菅原が、将太に穏やかな眼差しを向ける。

「廊下で聞いていたけれど、本当に素晴らしい『外郎売り』だった。良仁君同様、僕は君を日本放送協会に推薦したいと思う。お母さんのお許しはもらえるかな」

将太はしばらく菅原をにらみつけていたが、やがて押し殺すようにつぶやいた。

「……母ちゃんのお許しなんかいるもんか」

「それは、いけない。必ずお母さんのお許しをもらってほしい。それが、将太君をラジオ放送劇に出す一つ目の条件だ」

静かだが、有無を言わさぬ口調で菅原が続ける。

「それから、もう一つ条件がある。明日から毎日、ちゃんと授業に出ると約束してほしい」

「そんな暇、あってたまるか！」

将太がキッと顔をあげた。

「だったら、ラジオ出演はあきらめるしかない。僕は僕の生徒しか推薦できない」

取りつく島もない調子で、菅原がぴしゃりと告げる。意外にもその横顔は、鬼ばばの重子よりも怖かった。

不貞腐《ふてくさ》れた将太がペッと床に唾を吐く。

「きゃあ！　汚い、汚いっ」

世津子が青くなって騒ぎ立てたが、残念ながら誰からも賛同は得られなかった。いつも世津子の肩を持つ勝は、まだ茫然《ぼうぜん》としている。

「将太君、約束できるね」

菅原に念を押され、将太は渋々うなずいた。

配役

その日は久々の梅雨の晴れ間となった。

土曜日の授業が終わると校門前に集まり、良仁《よしひと》たちは再び田村町《たむらちょう》のNHK東京放送会館へやってきた。今回はバスを出してもらえなかったので、全員が菅原《すがわら》教諭と重子《しげこ》に引率され、バスや都電を乗り継いでやってきた。

白亜の東京放送会館は、都電の田村町一丁目停留所の前にある。立派な正面玄関には、日本人守衛と一緒に、背の高い米兵が立っていた。前回は気づかなかった物々しさに、良仁は少々緊張を覚える。

「やあ、スガちゃん、待ってたよ」

玄関先に迎えに出てきた大柄な男性は、前回、夏物の赤いセーターを着ていた人だった。今日は丸首の黒いシャツを着ている。

「シゲちゃんも、悪いね」

黒シャツに声をかけられ、重子が右頬《ほお》にえくぼを浮かばせた。二人も旧知の仲のようだった。

「本当は、きてもらう前に脚本《ほん》を渡しておきたかったんだけどね。今日に間に合わせるのが精いっぱいでさ」

「難航だったんですか」

菅原の問いかけに、黒シャツは肩をすくめた。

「難航も難航、今だって難航中よ。もともと菊《きく》さんの原稿は遅いし、長いしね」

一旦言葉を切り、黒シャツが良仁たちをふり返る。

「今日は君たちに、ばんばん台詞《せりふ》を読んでもらうよ。……後は、俺が切れそうなところを切ってくしかなさそうなんでね」

最後のほうは独り言のようだった。

重子に連れられ、良仁たちは長い廊下をぞろぞろと歩いていく。五月の終わりにきたときと比べ、メンバーは半分に減っていた。

残ったのは、もともと優秀な祐介《ゆうすけ》と実秋《さねあき》、無闇に張り切っている勝《まさる》と世津子《せつこ》、途中から加わった将太《しょうた》、それから、おちびの都《みやこ》と自分だけだ。

将太は今日のために、菅原から渡された学生服を着ている。体に合わない学生服は、上着の袖もズボンの裾もだぶだぶだが、普段に比べれば随分とましだ。いつものぼろきれのような服を着てこられたら、正直言って、一緒に都電に乗るのは恥ずかしかった。皆がそう思っているのが分かるのか、あるいは、毎日授業に出なければならなくなったことがよほど不服なのか、将太は都電の中でも誰とも口をきかず、今もひどく不機嫌な顔をしていた。

〝お嬢さま〟役を狙う世津子は一層めかし込み、縮らせた髪の両側に赤いリボンまで結んでしなしなと歩いている。鼻息の荒い勝の後に続く祐介と実秋は、いつもと変わらない。

良仁はなんとなくうつむいて歩いていた。

ふと気づくと、すぐ隣を、五年生の都が口をへの字に結んで歩いている。拳を握り足を高く上げ、上級生に遅れまじと生真面目に進んでいた。

なんか、堂々としてるよな――。

それに比べたら、自分はどうなのだろう。恐るべき実力を示してみせた将太と異なり、菓子と手伝い逃れが目的の自分は、本当に祐介や実秋についていけるのだろうか。

うじうじと考えていると、なんだか腹が痛くなりそうだった。

いやいや、今更そんなことを言っている場合ではない。

祐介と一緒に〝新しい時代〟を見ると、あれほど胸に誓ったではないか。

ところがスタジオに向かって長い廊下を歩くうちに、胸の誓いはともかく、腹の具合が本当に悪くなってきた。

今日の弁当が、芋だったのがいけなかった。痩せた芋は筋ばかりで、嚙《か》んでも嚙んでも嚙み切れず、仕舞《しま》いには無理やり丸のみにしてしまったのだ。

消化できなかった芋の筋が、今になって腹の中で暴れ始めたらしい。

なんとかやり過ごせないだろうか……。

不穏に動く下腹を押さえていると、ふいに前方から豪快な笑い声が聞こえてきた。顔を上げ、眼《め》を見張る。天井に頭がつきそうに背の高い赤ら顔の米兵が三人、肩を並べてこちらに向かってやってくるところだった。

いつも遠目に見るだけだった米兵を間近にし、前をいく祐介や実秋の足がとまる。勝と世津子の顔にも、おびえた色が浮かんだ。重子がかばうように都の手を取る。

菅原に引率されている自分たちの姿を見ても、米兵たちは肩を並べるのをやめようとはしなかった。廊下の横いっぱいに広がった彼らは、巨大な山のように迫ってくる。

黒シャツと菅原が廊下の端に寄って道をあけ、良仁たちも慌ててそれに従った。

なにが可笑《おか》しいのか分からないが、米兵たちは笑い声をとどろかせ、まったく意味の分からない言葉でなにやらしゃべり立てている。

近づいてくる彼らのあまりの大きさに、良仁はごくりと唾をのんだ。

菅原の隣の黒シャツも大柄な男性だと思っていたが、この米兵とでは比べ物にならない。並んだら、まるで大人と子供のようだ。

「ＭＯＮＫＥＹ　ＧＩＲＬ」

すれ違いざま、一人の米兵が都のおかっぱ頭に巨大なてのひらを置いた。すかさず都を自分の背後に隠し、重子がキッと彼らをにらみつける。その重子に向かって「ヒュウッ」と口笛を吹き、三人の米兵は笑いながら通り過ぎていった。

その瞬間、全員から風のような溜《た》め息《いき》が漏れる。

真新しい軍服から丸太のような腕を突き出した米兵たちは恐ろしかった。良仁はこのとき初めて、〝神国日本〟が戦争に負けた訳が分かった気がした。こんな連中とまともに戦って、勝てるはずがない。

全員が心なしか青ざめた表情を浮かべていたが、ただ一人、将太だけが、異様なほど興奮した眼差《まなざ》しで、三人の米兵たちの背中を追い続けていた。

「随分、進駐軍が多いんですね」

「ああ、今や日本放送協会はＧＨＱの管轄下だからね。東京放送会館は空爆にやられてないし、放送施設がなかったら、まるまる接収されてたところだよ」

菅原と黒シャツがひそひそとささやき合っている。

「かろうじて、スタジオと三階だけは今まで通りに我々が使ってるけどね。今日も四階でＣＩ

Eの会議があってさ。朝からGIだらけだよ」

「四階というと、ラジオ課ですか」

「そうそう。それでまた呼び出された菊さんが、ヒギンスのオヤジともめてさ……」

CIE。ヒギンスのオヤジ。

耳慣れない言葉に聞き耳を立てていると、下腹部がごろりと鳴った。まずい。

「せ、先生」

どうにもやり過ごせそうにないと悟《さと》り、ついに良仁は声をあげる。

黒シャツと並んでいた菅原がふり返った。

「良仁君、どうしましたか」

「……便所にいきたいです」

おずおず申し出ると、黒シャツが「ああ」と顎《あご》をしゃくる。

「それじゃあ、三階までいってくれるかい？」

三階？

一階に便所はないのだろうか。こんなに立派なコンクリートの建物なのに。

「私が案内するわね」

重子が手をあげた。

「俺もいく」

背後で将太が声をあげる。道連れができたことに、良仁は少しだけほっとした。

第六スタジオに向かう菅原たちと別れて、重子について歩いていると、便所が見えてきた。

やっぱり一階にだってあるじゃないか。

無意識に足を向け、重子にさえぎられる。

「三階じゃないと、だめなのよ」

静かな声で告げられ、良仁は唇を結んだ。

便所の扉には、赤いペンキで大きく「日本人の使用を禁ず」という文字が書かれていた。

階段を上る間、何度も軍服姿の米兵とすれ違った。そのたび、良仁たちは階段の隅に寄って道をあけなければならなかった。重子も良仁も将太も、誰も口をきかなかった。

三階の便所の前にくるなり、突然将太が重子に向き直る。

「もう大丈夫だから、あんたは一階に戻れよ」

「どうして」

重子が怪訝《けげん》そうに眉を寄せた。

「ちゃんとここで待ってるわよ」

「冗談じゃねえ。便所の前で女に待たれてると思うと、こそばゆくってクソも出ねえ。ただでさえ、俺は用を足すのが長いんだ。クソぐらい、ゆっくりさせろよ」

腕組みをして、将太は重子を見上げる。

「それともなんだよ、俺のクソの臭いでも嗅ぎたいのかよ」

クソ、クソ、クソと連発されて、重子の頬が赤くなった。

「仕方ないわね。それじゃ、階段の下で待ってるから、迷子にならずに戻ってきなさいね」

「こんなところで迷うものか」

いらだたしげに首をふり、将太が便所の扉を乱暴にあける。困り顔の重子をちらりとふり返り、良仁も将太の後に続いた。

便所の中に入ると、将太がぴたりと扉に張りつく。どうやら重子がいなくなるのを確かめているらしい。

随分と神経質なんだな……。

良仁は意外に思ってその様子を見つめた。

「よし、いったな」

ところがそうつぶやくなり、将太が扉をあけて出ていこうとしている。

「どこいくんだよ」

驚いて声をかけると、将太はくるりとふり向いた。

「おい、良仁。確か、菅原と黒シャツのオヤジが、今日は四階で会議があったって言ってたよな」

真剣な表情で尋ねられ、思わずうなずいてしまう。将太の垢焼《あかや》けした頰に、にんまりとした笑みが浮かんだ。

「俺はちょいと仕事《ヽヽ》してくるからさ。お前はゆっくり用を足してろよ」

良仁の肩をたたくと、将太はあっという間に便所を出ていってしまった。眼の前で扉をしめられ、良仁は呆気《あっけ》にとられる。後を追おうかとも思ったが、それまで小康を保っていた腹の具合にいよいよ限界が迫っていた。

個室に飛び込み、なんとか難を逃れる。下腹で猛烈に暴れていた芋の筋から解放され、良仁は安堵《あんど》の息をついた。すると今度は、将太のことが気がかりになってくる。

急いで手を洗い、良仁も四階に向かって階段を駆け上った。

将太のやつ、一体、なにをしてるんだ――。

幸い四階の廊下には誰もいなかったが、いつなんどき、向こうの角から米兵がやってこないとも限らない。こんなところで見つかりでもしたら、なにをされるか知れたものではない。

「日本人の使用を禁ず」

赤ペンキで大きく書かれていた文字を思い出し、良仁はぎゅっと唇を嚙む。

そのとき、半開きになっている扉の向こうから音が響いた。

扉の隙間から中をのぞき、良仁はぎょっとした。

大きな会議室のテーブルに置かれた灰皿の中身を、将太が次々と学生服のポケットに突っ込んで回っている。灰皿が全部空《から》になると、それだけでは飽き足らないのか、今度はごみ箱をあさり始めた。

「将太……！」

声をかけると、将太の肩がびくりとはねる。

「なんだよ、びっくりさせるなよ」

ちらりとふり返っただけで、将太はごみあさりを続けた。

「なにしてるんだよ」

「見りゃあ分かるだろ。エンタだよ、煙草《たばこ》だよ」

将太がごみ箱の中から、吸い殻をつまみだす。

「しかも全部洋モクだぜ。さすが、ＧＩのいるところは違うよ」

真っ黒な歯を見せて、将太がほくそ笑む。よだれでもたらしそうな笑い方だった。

将太が煙草をふかしていたことを思い出し、良仁は息を詰める。

「けどＧＩのやつ、もったいない吸い方しやがるな。これなら池袋《ブクロ》で拾うより、断然割がいい。

こいつは菓子なんかより、よっぽど金になるんだ」

浮かれたように、将太はしゃべり続けた。

「こんなぶかぶかでチイチイパッパな服、どこかで売っぱらってやろうかと思ってたけど、これだけオイシイことがあるなら大人しくラジオに通ってやるってもんさ」

「将太」

「なんだよ、うるせえな。別にコソ泥してるわけじゃねえ。掃除を手伝ってるだけだろ」

「違うよ、将太！」

良仁が将太をさえぎった。

遠くから靴音が響く。誰かが角の向こうからやってくる。

「ここまでか」

将太も靴音に気づき、舌打ちしながら部屋を飛び出してきた。

「ほら、良仁、ぼやぼやすんな。つかまるぞ」

「なんだよ、お前のせいじゃないか」

小声で言い合いしつつ、懸命に階段を駆け下りる。

階段下の重子の姿が見えると、どっと汗が流れた。

「なにしてたの、随分と遅かったわね」

「なにしてたって、クソしてたに決まってるだろ」

将太は良仁の背後に回ったが、全身から漂う吸い殻の臭いはごまかせそうにない。重子が腕組みをして、将太をじっと見つめる。しばし沈黙が流れたが、重子は結局なにも言わなかった。

「将太君、上着を脱ぎなさい」

「6」と書かれたスタジオの前までくると、重子は低い声でそう告げた。

将太は学生服の上着を脱ぎ、丸めて背後に抱える。吸い殻の臭いの代わりに、煮しめたような開襟シャツのすえた臭いが強くなった。

重子が鉄の扉を押し開き、良仁と将太は後に続いてスタジオの中に入る。

菅原教諭と一緒に先に到着していた祐介たちは、全員椅子に座っていた。良仁を認め、祐介が小さく手をあげる。

汚い開襟シャツ姿の将太に、世津子が露骨に顔をしかめた。一緒にいる良仁も、いささかきまりが悪かった。

「これで全員だね」

丸眼鏡《めがね》と口ひげの中年男性が声をかけてくる。

この人は、確か菊井《きくい》先生だ。

〝それでまた呼び出された菊さんが、ヒギンスのオヤジともめてさ……〟

黒シャツ男性の言葉を思い出し、良仁は少しだけ身構える。菊井の口調は穏やかだったが、相変わらず丸眼鏡の奥の眼の下は黒く、随分と疲れて見えた。

スタジオの中には、前回と同じ顔ぶれがそろっていた。残念なことに、あの綺麗《きれい》な女の人はいなかったけれど。

いよいよラジオ放送劇の出演が本決まりとなった良仁たちは、この日、スタジオにいる全員を紹介された。

菅原教諭を「スガちゃん」と呼ぶ黒シャツの大柄な男性は、〝演出〟の牛山《うしやま》先生。

〝滑舌《かつぜつ》、よくねえなぁ……〟

勝の朗読を聞いてつぶやいていた白髪まじりの強面《こわもて》の男性は、〝音効《おんこう》〟のナベさん。

今日はスタジオの中に黒いハモンドオルガンが置かれていて、その前にチョッキ姿の男性が整然と座っていた。前回見かけなかったこの男性は、〝音楽〟の古坂《こさか》先生ということだった。

音楽はともかく、演出とか音効とかの意味はよく分からなかったが、「外郎《ういろう》売り」と同じで追い追い理解できるようになるのだろう。

初めてきたときに比べれば幾分落ちついた気分で、良仁はスタジオの中を見回した。

「いいかい。今日は、君たちに演じてもらう物語の説明をしようと思う」

菊井の言葉に、牛山がわら半紙を束ねた本のようなものを良仁たちに配り始める。教本よりも少し大きなわら半紙には、大きく題名が書かれていた。

連続ラジオ放送劇『鐘の鳴る丘』

表紙をめくると、「配役」という文字の隣に、たくさんの役名が並んでいる。

修平《しゅうへい》、修吉《しゅうきち》、隆太《りゅうた》、桂一《けいいち》、俊次《しゅんじ》、みどり……。

役名の下は、まだ空欄だった。

「これが、君たちに演じてもらうドラマの台本だ」

台本を掲げ、菊井が良仁たちを見回す。

「この物語の主人公たちは皆、浮浪児《ふろうじ》だ」

その瞬間、良仁の隣の将太がぴくりと肩を揺らした。

「浮浪児？」

勝と世津子が同時に不満そうな声を漏らす。

「いや、浮浪児という言い方はいけない。戦争で家を焼かれ、家族を亡くし、帰るところを失った不幸な、かわいそうな子供たち……戦災孤児のことだ。今、日本には、全国各地に、行く当てがなく、ガード下などで暮らしている君たちと同い年くらいの戦災孤児がたくさんいる」

良仁のかたわらの将太が、ますます体を硬くする気配がした。

「このドラマは、そうした戦災孤児たちをなんとかして救いたい、なんとかして更生させたいという願いを込めて、私が書いたものだ」

そこまで話すと、菊井は口を閉じた。

スタジオの中はしんとしている。誰かが話していないと、空気が重くなっていくようだった。

「……実は、私も孤児なんだ」

沈黙の後、菊井が独り言のように言う。

「戦争で親を亡くした訳ではなく、単に捨てられただけだがね。だが、親がいないということに関しては変わりがない。君らの年のときには、もう奉公に出されていた。おかげで、随分早くから独立の心づもりができていたけれどね」

ふっと寂しげな笑みを浮かべ、菊井は再び口をつぐんだ。

「よし、早速みんなには台詞を読んでもらおうか」

完全に黙り込んでしまった菊井の前に、牛山が出てくる。

「とりあえず、誰が誰の役でも構わない。どんどん読んでいってもらいたいんだ。……そうだな、配役は、スガちゃんとシゲちゃんのほうで適当に割りふってもらえるかな」

牛山がてきぱきと指示を出し、スタジオの中が動き始めた。

良仁たちは台本を手に、一本のマイクを囲む。菅原は配役を決めず、子供の台詞を順番に読んでいくようにと良仁たちに告げた。

「〝あんちゃん、エンタねえかい〟」

一番手を任された祐介の台詞に、良仁は思わず将太を見た。

〝エンタだよ、煙草だよ〟

つい今しがた将太が口にした〝エンタ〟という言葉が、そのまま台本に書かれている。あまりの偶然に胸の鼓動が速くなった。だが考えてみれば、将太もまた、空襲で家を焼かれ、父を亡くしているのだ。

菊井が口にした、〝戦災孤児〟に一番近い立場にいるのは、将太なのかもしれない。

「〝君たちはどこで煙草を吸うことを覚えたのだ。だれが教えてくれたのだ〟」

大人の台詞は、重子が引き受ける。

「〝俺は町で覚えたんだよ〟」

「〝俺はここで覚えたんだよ〟」

「〝煙草くれよ〟」

「〝煙草はない〟」

「〝けちんぼ！　しみったれ！　バカ野郎！〟」

テストのときよりも台詞が短いということもあるが、実秋はもちろん、勝も難なく台詞を読んでいった。

ところが運悪く、良仁には長い台詞が回ってきた。

「〝あ、お月様だ。まんまるいお月様だよ。お父ちゃん、どうしてるかなあ。俺ね、お父ちゃんと二人で、お月見のお団子を食べたことがあるよ〟」

不思議なことに、初めて眼にしたにもかかわらず、比較的長い台詞を最後までつっかえずに言い切ることができた。眼で見た文字を、そのままきちんと声に出す。すなわち、これが滑舌というものか。

鬼ばばによる数々の訓練は、決して無駄ではなかったらしい。

「〝バカ野郎！　お父ちゃんなんかなんでぇ、お母ちゃんなんかなんでぇ、兄さんなんかなんでぇ……〟」

テストのときに良仁たちが散々てこずった台詞を、将太は楽々と発声する。将太は丸めた学生服を部屋の隅に置いていたが、全身から仄《ほの》かに吸い殻の臭いを漂わせていた。

先ほど菊井は、このドラマを戦災孤児を救うために書いたと言った。だから重子は、将太が吸い殻を集めていることに眼をつむったのだろうか。

そう考えると、なぜか胸の中がざわざわする。

当の将太は、一体どんな思いでこの台本を読んでいるのだろう。

良仁はどうしても気になってしまう。けれど将太は、ひたすら台本を朗読することに集中しているように見えた。

「〝あんちゃんは、兄さんがあるのかい？〟」

「〝兄さんは戦地へいったんだ。死んだかも分からねえんだ……〟」

都と世津子も、男子役の台詞をきちんと読んでいく。

台本が進むうちに、良仁はだんだん周囲のことが気にならなくなってきた。『鐘の鳴る丘』には、たくさんの個性的な浮浪児が登場する。彼らが話す生き生きとした台詞を読むうちに、物語の輪郭が見えてきた。

これは、生き別れになった兄と弟の物語だ。

復員した兄の修平が、弟を捜して焼け跡の感化院にやってくるところから物語は始まる。ところが弟の修吉は、感化院の環境に我慢ができず、仲間と脱走して浮浪児になっている。弟の行方《ゆくえ》を捜す修平は、新橋《しんばし》駅付近の雑踏で、同じく浮浪児の隆太から鞄《かばん》を盗まれそうになる。

修平は弟と同じ境遇の隆太を責めず、むしろ慰めの言葉をかけ、やがては心を通わせていく。弟の修吉を捜しながら、隆太やほかの浮浪児と行動をともにするうち、修平は彼らの置かれた悲惨な環境を知り、いつしか浮浪児たちのために「少年の家」を建設しようと心に決める――。

台本はそこまでで終わっていたが、その間にも、兄と弟の切ないすれ違いがあり、読んでいるだけでヤキモキとしてしまう。

「〝なんだよ、寂しいじゃねえか。なんでえ、怖くねえや、怖くねえや……！〟」

もう少しで再会できるはずだった兄弟がすれ違うラストの台詞は、実秋の朗読だったこともあり、ことさら深く胸に響いた。

「いやあ、随分、うまくなったなぁ。前回とはまるで別人だ」

良仁たちが台本を読み終えた瞬間、白髪まじりのナベさんが手をたたく。途中何度かつっかえたり、読み違えたりすることはあったけれど、全員がしっかりと声を出すことができていた。

滑舌を制する者は、台詞を制す。けだし、滑舌万歳だ。

「よっぽどシゲちゃんにしごかれたな」

菊井も満足そうな笑みを浮かべた。

「あら先生、しごきだなんて人聞きが悪いわ」

重子が右頬にぺこりとえくぼをへこませる。菅原も古坂も、にこやかにうなずいていた。

「参ったな。全尺で三十分超えてるよ」

ただ一人、ストップウォッチを手にした牛山だけが、苦虫を嚙《か》み潰《つぶ》したような顔をしている。

「これで古坂ちゃんの主題歌が入るとなると……」

ぶつぶつつぶやいている牛山をさえぎるように、菊井が晴れやかな声をあげた。

「皆、思った以上にいい出来だった。これから配役を発表するので、一層練習に励んでもらいたい」

配役という言葉に、スタジオ内に微《かす》かな緊張が走る。全員の朗読を聞きながら、菊井はずっと役柄の感触を探っていたらしい。

ちらりと見えた菊井の台本は、書き込みでいっぱいになっていた。

「まず、修吉役」

主役の発表に全員が固唾をのむ。

「祐介君」

おおっと、スタジオ内がどよめいた。

やったぜ、ゆうちゃん――――！

たとえどんなドラマであろうと、主役にふさわしいのは祐介だ。当初から抱いていた思惑が本当になり、良仁は我がことのように誇らしくなる。

「次に隆太役、良仁君」

準主役に自分の名前が呼ばれたとき、良仁はすぐに反応ができなかった。はじかれたようにふり返った勝からきつくにらまれ、ようやく我に返る。

戸惑いがないといえば嘘になる。本当に自分で大丈夫なのかというのが、率直な感想だ。

だが、それを上回る感慨が、胸の奥底からひたひたと込み上げる。

台本を読んでいる間、良仁は頭の中で主役の修吉を祐介に固定していた。そしてその修吉と張り合い、やがて友情を深めていく隆太に秘《ひそ》かに感情移入していた。

ゆうちゃんが修吉をやるなら、できれば自分が隆太をやりたい。

内心そんなふうに思いながら、ことさら力を入れて隆太の台詞を読んでいたのだ。

「桂一役、将太君」

三番目に名前を呼ばれ、将太がどうでもよさそうにうなずく。桂一は、修吉を兄貴分と慕う、少し蓮《はす》っ葉《ぱ》なところのある戦災孤児だ。

「みどり役、都ちゃん」

戦災孤児の紅一点。一番小さな〝おちびのみどり〟は、文句なしに都だった。

「俊次役、勝君」

勝の顔に、明らかに不本意そうな色が浮かぶ。俊次は、隆太の子分なのだ。

うわ、やりづらい……。

瓶底眼鏡の奥から憎々しげににらみつけられ、良仁は辟易《へきえき》とする。

「それから、今回の台本ではまだ出てこないが、世津子ちゃんと実秋君には、お金持ちの姉弟、まき子役と昌夫《まさお》役を演じてもらいたい」

まき子と昌夫は、修平と修吉の伯父、勘造《かんぞう》の子供だ。金持ちの伯父の家に預けられた修吉をなにかといびり、濡《ぬ》れ衣《ぎぬ》を着せて感化院に追いやったのは、ほかならぬこの姉弟の仕業だった。

なるほど、それが世津子のご執心の〝お嬢さま〟役か。良仁は納得したが、当の世津子はそうはいかない様子だった。

「なによ、それ！　悪役じゃないですか！」

世津子が悲鳴のような声をあげる。

「もちろん、ただの悪役という訳ではないよ。僕はね、本当に悪い子供は一人もいないと思っているんだ」

菊井が補足したが、すっかり興奮した世津子は、まったく聞く耳を持とうとしない。〝お嬢さま〟という言葉につられて厳しい訓練を耐え忍んできたのに、急に当てが外れて我慢ができなくなったらしい。

「そんなの違う！　私が想像していたお嬢さまと、全然違う！」

せっかくリボンまで結んできた髪をふり乱し、ついに世津子は激しく泣き出してしまった。

菊井をはじめ、牛山や、菅原や、ほかの大人たちが唖然《あぜん》とする。重子もどうしたものかと、手をこまねいているようだった。

そのとき、スタジオの重い鉄扉が押し開かれた。

「菊井先生、遅れてすみません！」

よく通る声を響かせて、背の高い青年がスタジオの中に入ってくる。そのすぐ後ろに、先日の綺麗な女性が続いていた。

「よう、中沢《なかざわ》君、キミちゃん、第四スタジオのほうはもう終わったの」

牛山に声をかけられ、二人は同時に微笑《ほほえ》んだ。

「はい、たった今」

中沢と呼ばれた青年が、良仁たちに向き直る。

「皆さん、こんにちは。僕も君たちと一緒に読み合わせに参加したかったんだけど、残念ながら、ほかの放送が入っていてね」

「修平役の中沢君と、後に修平の『少年の家』作りに協力することになる、由利枝《ゆりえ》役の貴美子《きみこ》さんだ」

菊井の紹介に、「改めまして、こんにちは」と、貴美子もにこやかに頭を下げた。

背が高くハンサムで優しそうな中沢は、修吉の兄の修平の印象にぴったりだ。由利枝という役はまだ登場していないけれど、今後貴美子が演技に加わると思うと、良仁はどきどきした。

先ほどまで不服そうにしていた勝も、まんざらではない表情をしている。

「あれ？　君、一体どうしたの」

中沢に声をかけられ、泣きじゃくっていた世津子が顔を上げた。その瞬間、世津子の頰が分かりやすく真っ赤に染まる。

「どうやら、役が気に入らないらしくてさ」

牛山が肩をすくめると、世津子はキッと眦《まなじり》を吊《つ》り上《あ》げた。

「だって、悪役なんですもん！」

「悪役はやりがいがあるよ」

しかし即座に中沢からそう告げられ、一瞬きょとんとした顔になる。

「え……？」

まだ戸惑いを隠せない世津子に、中沢が言い含めるように続けた。

「演技力を試されるのは、むしろ悪役のほうなんだ。君は重要な役を任されたということだよ。僕が君の立場なら、喜んで引き受ける」

中沢の背後で、菊井と牛山が深くうなずく。

それでも世津子は納得ができない様子でぐずぐずと洟《はな》をすすっていたが、かたわらの実秋が、きらきらと瞳を輝かせていた。

ちらりとふり向くと、主役に抜擢《ばってき》された祐介と眼が合った。どちらからともなく笑み崩れ、良仁は俄然《がぜん》嬉《うれ》しくなる。

大丈夫だ。ゆうちゃんと一緒なら、なんだってやれる。

部屋の隅では将太がシャツから出た裸の腕をぼりぼりとかきむしり、至極つまらなそうに大あくびをしていた。

予行演習

配役が決まってから、毎週土曜日と日曜日に、良仁《よしひと》たちは東京放送会館のスタジオで、本番に向けての予行演習を行うことになった。その間、家の手伝いは完全にできなくなったが、もともと良仁は常に逃げ出して遊びにいくことばかり考えていたので、熱心に演技の稽古に通うならそれはそれでよしと、両親は考えているようだった。

兄の茂富《しげとみ》に調子を尋ねられるたび、良仁はとりあえず「面白いよ」と答えておいた。自分が準主役に選ばれたことは、まだ胸の内に隠しておいた。

都電に乗るのも随分慣れた。東京放送会館のある田村町《たむらちょう》には、英語の青い看板を掲げた大きな公園があり、日曜になるとテニスラケットを持ったアメリカ人たちが大勢出入りしているのだった。以前は日比谷公園だったその場所は、今では「ドーリットル・フィールド」と呼ばれているのだと、菅原《すがわら》教諭が教えてくれた。

ドーリットルというのは、初めて日本本土を空爆した米軍の指揮官の名前だそうだ。自分たちの頭の上に爆弾を降らせた軍人の名前がつけられた、今ではアメリカ人専用になっている公園を、良仁たちはじっと見つめた。

『鐘の鳴る丘』の本番は、来月七月五日だ。午後五時十五分から三十分までの十五分間。スタジオでの良仁たちの演技が、そのままラジオで全国のお茶の間に流れることになるという。なんだか信じられない話だった。

生放送での失敗は、絶対に許されない。そのため、入念に稽古を繰り返す必要があった。

予行演習を進めるうちに、スタジオにいる大人たちの役割が見えてきた。司令塔は菊井《きくい》先生だ。菊井が演技につけてくる難しい注文を、菅原教諭や重子《しげこ》が分かりやすい言葉で良仁たちに伝えてくれる。時折重子は子供の声色を使い、見本の演技をしてみせることもあった。

ナベさんが担当している〝音効《おんこう》〟は、音響効果のことだ。

良仁たちが走る演技をするとき、ナベさんは靴や下駄《げた》を手に履いて、「バタバタ」「ガタガタ」と足音を作る。嵐の場面では、麻布をかけた木製の手回し車を回し、「ひゅう〜っ」と風にそっくりの音をたてる。機械を操作して、動物の鳴き声や、汽車の音を出すこともあった。

自分たちの演技に合わせて効果音が入るのは、新鮮な経験だった。

そして、一本のマイクを囲んで演技をする良仁たちの背後には、ハモンドオルガンを弾く古《こ》坂《さか》先生が常に控えていた。

悲しいシーンになれば、背後から哀愁の漂う音楽が流れてくる。その音楽を聞きながら台詞《せりふ》を読んでいると、実秋《さねあき》でなくても自然と〝気持ち〟に入り込むことができた。

中沢《なかざわ》と貴美子《きみこ》はほかにも放送があり、稽古に参加することはあまりなかったが、大人役は重子が一手に引き受けてくれていた。

何度演習を繰り返しても、なにをしているのかよく分からないのは、演出の牛山《うしやま》先生だけだ。牛山はいつもストップウォッチを手にスタジオの壁にもたれ、良仁たちの通し稽古をじっと見つめているのだった。

その日、突然、牛山が動いた。

難しい演技の注文に祐介《ゆうすけ》が見事に応《こた》え、この日の菊井先生は上機嫌だった。しかし、菊井が手洗いにいくためにスタジオを出た途端、牛山がやってきて祐介の台本を取り上げた。

「尺に収まらなかったら、どうしようもないからな」

ぶつぶつとつぶやきながら、牛山が台本をずたずたに切り裂き始める。

せっかく覚えた台詞が次々と切り捨てられていく様を、良仁も祐介も唖然《あぜん》として眺めた。

「なにをしてるんだっ」

そこへ戻ってきた菊井が、絶叫に近い声をあげる。

「勝手なことをするな！」

血相を変えた菊井が牛山に突進していくのを見て、良仁たちは顔色を失った。普段の菊井は演技に対する注文こそ厳しいが、決して声を荒らげたりしない。良仁や勝《まさる》がつっかえたり読み違えたりしても、辛抱強くやり直しを命じた。

その菊井が鬼のような形相で、牛山につかみかかっている。

「ああ、菊さん、悪い、悪い。戻ってきたら、ちゃんと相談しようと思っていたんだよ。先に試験的に切れそうなところを切っていただけだから」

「なにが試験的だっ。僕の書いた台本を切り刻むとは、何事だっ！」

「だって菊さん、仕方ないじゃないか」

もみ合いつつも、牛山はあくまで懐柔の態度を崩さない。

「これで毎回主題歌が入るとなると、三十分でも足りないよ」

「僕は必要なものを、必要なだけ書いているだけだ」

「それはそうだろうけど、生放送は十五分間だ。ラジオは舞台の芝居とは違う。正確に言えば、十四分三十秒にきっちり収めなくちゃいけない。菊さん、分かってほしい。ラジオ放送には時間の制約があるんだ。どんなにいいお芝居でも、尺に入らなかったら、元も子もないんだよ」

「だから僕は、初めから十五分では無理だと言ったんだ！」

激しい言い合いに、菅原も、重子も、他の大人たちは皆心配そうに様子をうかがっている。

「無理を承知でやるしかないんだ。難しい企画を、せっかくここまで持ってこられたんじゃないか。放送はもう、来月なんだしさ」

「せめて二十分はないと、ドラマにはならない。それを分からず屋のＣＩＥの連中が……」

「菊さん！」

ついに牛山が大声を出した。

「あきらめるしかない。我々は敗戦の民だ。被占領国の国民なんだ。それは『鐘の鳴る丘』に限った話じゃない。『真相はこうだ』だって、『農家に送る夕』だって、『話の泉』だって、表向きはＮＨＫの企画だが、実際にはＣＩＥラジオ課の立案によるものだ。考えてもみろよ。我々は今、自分の職場の便所だって自由に使えやしないんだ」

日本人の使用を禁ず――。

良仁の脳裏にも、赤ペンキの文字が書きつけられた便所の扉が浮かんだ。

「それでも現場の我々が踏ん張れば、面白いものができるはずだ。たとえ立案は占領側の連中でも、日本国民を喜ばすことができるのは、菊さんの脚本《ほん》や古坂ちゃんの音楽だって、俺は心から信じてる」

牛山に言い切られ、菊井も一瞬言葉をのむ。

しかし。

「もう、だめだっ！」

菊井が耐え切れぬように叫んだ。

「なにもかも終わりだ。全部、おしまいだ。どいつもこいつも、やめちまえ！」

牛山が切り裂いた台本を奪い取り、菊井はそれをぶちまけた。台詞が印刷されたわら半紙が、ばらばらとスタジオの床に舞い落ちる。

良仁は、いつの間にか自分の足が震えているのに気づいた。こんなふうに大人たちが喧嘩《けんか》をするところを見たことがなかったし、なにより、普段は穏やかな菊井の豹変《ひょうへん》ぶりが恐ろしかった。

ヒヒ〜ンッ

突如、馬のいななきがスタジオ内に響き渡る。

争っていた菊井と牛山も含め、全員がハッとした。

パカラッ　パカラッ　パカラッ　パカラッ……

続いてどこからともなく馬の蹄《ひづめ》の音が聞こえてくる。

「ナベさん……。一体、なにをやってるんだ」

場違いな効果音に、菊井があきれたようにナベさんを見やった。スタジオの右端に控えていたナベさんが、機械を操作しながら指をさす。

つられて視線をやり、良仁は胸を衝《つ》かれた。重子の陰に隠れた都《みやこ》の頬《ほお》に、幾筋もの涙が伝っていた。

無理もない。良仁でさえ怖かったのだ。二人の中年男性の大喧嘩に、都や世津子《せつこ》はおびえきってしまっていた。女子だけではない。台本を奪われた祐介はもとより、実秋もすっかり青ざめている。勝にいたっては、眼鏡《めがね》がずり落ちるほど震え上がっていた。ただ一人、平然としているのは将太《しょうた》だけだった。

小さな都が声も出さずに泣いているのを見ると、菊井の顔にもさすがに決まりの悪そうな色が浮かんだ。

「悪い。ちょっと休憩しよう。峰玉《みねたま》小のみんなは、表に出てもらえないかな」

牛山が溜《た》め息《いき》まじりに告げる。

菅原と重子にうながされ、良仁たちはスタジオの外の廊下に出た。白々とした蛍光灯の下、長椅子に腰をかける。

〝どいつもこいつも、やめちまえ！〟

普段は穏やかな菊井が、自棄《やけ》になったように発した怒声が耳を離れない。

今頃、スタジオの中ではどんな会話が交わされているのだろう。

良仁は気になったけれど、厚い鉄扉の向こうからは、なんの物音もしなかった。

「菅原先生」

やがてためらいがちに、実秋が声をあげる。

「シーアイイーって、なんですか」

〝今日も四階でＣＩＥの会議があってさ……〟

以前きたときも、牛山は菅原にそうささやいていた。

「ＣＩＥというのは、連合軍の民間情報教育局のことだよ。日本の報道や教育について、指導と監督を請け負っているんだ」

良仁も、菅原の説明に聞き耳を立てる。

「どうして指導を受けなければいけないんですか」

今度は祐介が質問した。

「それは……」

珍しく言いよどんだ後、菅原はいつものように淡々と続ける。

「これまでの日本の教育が、間違っていたからだ」

静かな口調だったが、ほんの一瞬、菅原の顔が苦しげにゆがんだ気がした。

ニッポンヨイクニ　ツヨイクニ
セカイニカガヤク　エライクニ
良仁の脳裏に、国民学校に入った途端、暗唱させられた文字が浮かんだ。

「悪いのは〝戦犯〟で、日本国民じゃないってお父ちゃんが言ってた」

訳知り顔で、勝が唇をとがらせる。それに対しては、菅原はなにも言わなかった。

「ちょっと、どこいくの！」

ベンチの端から、重子が鋭い声をあげる。

「便所だよ、便所」

立ち上がりかけていた将太がうるさそうに首をふった。最近、将太は紙袋持参で各階のごみ箱をあさっている。

「いい加減にしときなさい。おかしなことをしているのがばれたら、菅原先生が責任を取ることになるのよ」

重子が声をひそめて叱責した。

「だから便所だって言ってんだろ。それのどこがおかしなことなんだよ」

大きく舌打ちして、将太はペッと唾を吐く。

ラジオ放送劇が今後どうなるのか皆が心配している中、将太だけはまったく関心がないようだ。

「菊井先生、本当にやめちゃうのかな……」

実秋が小さくつぶやく。

「私の役なんて、まだ出てきてもいないのに」

実秋と一緒に〝その他大勢〟の台詞を読んでいるだけの世津子が、悔しそうに髪を揺らした。たとえ悪役であっても、やっぱりお嬢さま役がやりたいらしい。

我関せずの将太が再び長椅子から離れようとしたとき、鉄扉が中から引きあけられた。

「終わったよ」

ナベさんがとぼけた表情で、肩をすくめてみせる。

恐る恐るスタジオの中に入ると、菊井も牛山も古坂も、何事もなかったかのように平然としていた。

「皆、今後はこっちの台本を使ってくれ。これが本番用の完成台本ってやつだ」

切り裂かれ、半分くらいの薄さになった台本を、牛山が配り始める。激昂《げきこう》したことが嘘のように、菊井も黙ってそれを見ていた。

この短い間に、スタジオの中では一体なにがあったのだろう。良仁は注意深く視線を巡らせるが、大喧嘩の片鱗《へんりん》はもうどこにも残っていない。ただ、菊井の眼の下の隈《くま》が、一層濃くなっているような気がした。

ナベさんは都の顔を見ると、お椀《わん》を手にカッポカッポと馬の足音を出してみせた。だが都はいつものように口をへの字に結び、にこりともしなかった。

肩透かしを食らったナベさんは小さく降参ポーズをとり、なおもお椀をカポカポ言わせている。蹄にそっくりの音を聞いていると、ふと、孝《たかし》とアオの姿が脳裏をよぎった。

最近は放課後も休日もラジオ放送劇の稽古に明け暮れ、孝のところへ遊びにいく時間が取れないが、アオは元気にしているだろうか。今日もたくあんの桶《おけ》を積んだ重い荷車を引き、カッポカッポと蹄の音をたてながら、辛抱強く歩いているのだろうか。

ぼんやりしていると、ナベさんと眼が合った。お椀の手をとめて、ナベさんがにやりと笑う。ぼさぼさの髪には白いものがまじり、少々強面《こわもて》ではあるが、良仁たちのおびえにいち早く気を回してくれたナベさんは、悪い人ではないのかもしれない。

スタジオの空気が正常に戻り、稽古が再開される。

「〝桂一《けいいち》、逃げろ、逃げるんだ！〟」

故郷の信州へいこうと汽車に乗り込んだ修吉《しゅうきち》と桂一が、車掌に見つかるシーンからだ。

「〝放せ、チキショウ、放せ！〟」

桂一が車掌にとらわれ、離れ離れになるシーンを、祐介と将太が熱演している。ナベさんが操作する機械から流れるシュシュポポという汽車の効果音と相まって、聞いている良仁もはらはらした。

「〝あんちゃん、あんちゃん……！　修吉あんちゃーん！〟」

桂一役の将太が声をふり絞る。普段はまったくやる気がなさそうなのに、役に入り込むと将太は別人になる。

「将太君、本当にすごいなぁ」

かたわらの実秋が感嘆の声を漏らした。

その頬に、将太が初めて「外郎売り《ういろううり》」を演じてみせたときと同じ、喜悦の色がさしている。

「よっちゃん、俺、考えがあるんだけど」

祐介と将太の演技を見つめながら、実秋が良仁の耳元に顔を寄せた。

「えっ？」

ささやかれた内容に、良仁はもう少しで大声を出しそうになる。

「実秋、それ本気かよ」

実秋は真面目な表情で大きくうなずいた。

闇市

池袋の木造駅舎は、半分が焼け落ちたままになっている。

どこを見ても、人、人、人だ。

焼け野原だった東口に、今は所狭しとバラックが立ち並んでいた。戸板やござを敷いただけの店から、よしずに囲まれた屋台、ミカン箱やリヤカーの荷台を使った露店もある。

「焼きそば」「おでん」「芋汁粉」「雑炊食堂」

悪臭の中に漂う食べ物の匂いに、良仁《よしひと》はくらくらした。外食なんて、もう何年もしたことがないのだ。

「坊ちゃん、坊ちゃん、鉛筆はいかが」

いきなり小母《おば》さんに声をかけられ、良仁は面食らう。「坊ちゃん」だなんて、生まれてこの方、誰からも呼ばれたことがない。だが呼びかけてきた小母さんの眉間に、きつい縦じわが刻まれているのを見ると、良仁は怖気《おじけ》づいた。

「よっちゃん！」

祐介《ゆうすけ》に呼ばれ、良仁は慌てて小母さんから逃げ出す。祐介と実秋《さねあき》に追いつき、もう離れないように身を寄せ合った。

ラジオ放送劇の勉強のために、本物の浮浪児《ふろうじ》を見にいこう――。

実秋からそう提案されたとき、良仁は耳を疑った。最初は悪い冗談かと思った。だが、実秋は本気だった。

闇市のたつ池袋の東口と西口をつなぐ地下道に、戦災孤児たちが住んでいるという。

実秋が演じるのは浮浪児ではないだろう。良仁は半ば反論するつもりでそう言ったが、それでも本物の浮浪児を見て自分がどう感じるか確かめたいと、実秋は意見を曲げようとしなかった。

ぜひ、いこう。

意外だったのは、祐介が一も二もなく賛同したことだ。

良仁が決めかねていると、祐介がささやいた。最近、〝青空マーケット〟と呼称を変えた闇市は、夜でなければそれほど恐ろしいところではない。大人たちは内緒にしているが、実際には峰玉《みねたま》の誰もが池袋の〝マーケット〟に出入りしているらしい。

〝青空マーケット〟とは聞こえがいい。

〝闇市〟という響きは恐ろしいが、〝マーケット〟ならば、それほど問題はないのかもしれない。

これも新しい時代を知る勉強のうちだという祐介の誘いに、だんだん良仁も心を動かされた。父や兄が秘《ひそ》かに通っている〝マーケット〟の実態を、間近に知るいいチャンスでもある。

なにより、ゆうちゃんがそう言うのだ。

祐介が口にしたことに、今まで間違っていたためしなどない。

本番を一週間後に控えたその日。良仁たちは授業が終わると、重子《しげこ》に「用がある」と告げて、三人だけで学校を抜け出して池袋行きのバスに乗った。

バスの車窓から見ただけでもすさまじい人込みだったその場所は、実際に降り立つと、強烈な活気に満ちていた。最近は、なにを買うのにも〝配給切符〟が必要だと母が言っていたのに、ござの上にはあふれんばかりの野菜が並べられている。

しかもいつもの食卓にのぼるような、色の悪いしなびた野菜ではない。キャベツやニンジンや玉ねぎなど、瑞々《みずみず》しく、どれも丸々としている。

トンボ鉛筆や万年筆や、本なども売られていた。思わず手に取ってみたくなるが、どこからともなく漂ってくる腐敗臭と、あちこちで激しく飛び交う朝鮮語や中国語と思われる異国の言葉が、それを躊躇《ちゅうちょ》させた。

「地下道にいこう」

身動きできないほど混雑した人込みを、実秋がかき分けていく。

途中、学生服を着た男子生徒たちが拡声器を手に三角くじを売っているところに出くわした。茂富《しげとみ》がいるのではないかと、良仁はひやりとする。拡声器で客寄せをしている学生の中には、学帽ではなく、兵学校の軍帽をかぶっているものもいた。

今年は梅雨明けと同時に猛暑がやってきた。蒸し暑さと人いきれで、絶え間なく汗が流れる。

地下道に近づくと人は減ってきたが、代わりに悪臭が強くなった。はっきりと、大小便や嘔《おう》吐《と》物の臭いがする。

良仁は一瞬ひるんだけれど、二人の友はどんどん先へいってしまう。地下道の中は日差しがない分、暑さは幾分和らいだものの、悪臭が一層強くなった。

本当に、こんなところに住んでいる子供がいるのだろうか。

郊外でくらしている良仁は、戦災孤児を見たことがない。けれど、彼らの実態を知ったところで、一体なにができるだろう。

「なあ、そろそろ……」

先をいく実秋と祐介に声をかけかけたとき、地下道の奥からアコーディオンの音色が響いてくることに気づいた。

奏でているのは、音楽の授業で習った「荒城の月」だ。

哀愁の漂う音色にひかれて足を進めていくと、地下道の壁を背に、真っ白な着物を着た傷痍《しょうい》軍人たちが立っているのが見えた。

松葉杖《まつばづえ》をついているもの、板を添えた腕を肩からつっているもの、黒眼鏡《めがね》をかけているもの……。

負傷した元兵隊たちが、空き缶を前にアコーディオンを弾いたり、ハーモニカを吹いたりしている。全員、父よりも少し若い男性のようだ。

軍需工場で働いていた良仁の父は戦場へいくことはなかったが、もし戦争が長引いていたら、どうなっていたか分からない。兄の茂富もまた、兵隊になっていたかもしれないのだ。

良仁自身、少し前までは海軍飛行予科練習生――予科練になりたいと真剣に考えていた。

詰襟の制服にずらりと並ぶ七つの金ボタン。風になびく真っ白なマフラー。

駅前の映画館で見た若き予科練の姿に、どれだけ憧れたか分からない。彼らを「若鷲」にたとえる勇ましい主題歌も、長く良仁の愛唱歌だった。

しかし、これが本当に戦争にいった人たちの姿なのだ。

日本が戦争に負けてから、勇壮な軍歌を歌うことも禁じられた。

前をいく実秋が、突然足をとめた。うつむき加減で歩いていた良仁は、実秋の背中に思い切り額をぶつけてしまう。

「実秋、いきなりとまるなよ。危ないじゃ……」

抗議の言葉が途中で消えた。

実秋も、祐介も、凍りついたように立ち尽くしている。

「煙草《たばこ》いりませんか、おじさん、煙草いりませんか」

アコーディオンが奏でる哀愁たっぷりの「荒城の月」に交じり、少年のしおらしい声が響いてきた。

「おばさん、煙草買ってくれませんか。お父ちゃんは、戦争にいって、眼《め》が見えなくなったんです」

粗末な身なりの少年に紙巻き煙草を差し出され、一人の婦人が足をとめる。

「かわいそうにねぇ……」

マーケットに買い出しにきたらしい婦人が紙巻き煙草を受け取り、傷痍軍人の前の空き缶に紙幣を入れ、少年の手には干し芋を握らせた。

「お金はお父さんに、お芋はあなたがおあがんなさい」

「おばさん、ありがとう」

深々と頭を下げた少年は、すかさず次の客に声をかける。

「煙草、いりませんか。おじさん、煙草、買ってくれませんか」

黒眼鏡をかけてアコーディオンを弾いている傷痍軍人のかたわらで、地下道をいく人たちに声をかけて回っているのは――。

「将太《しょうた》……！」

思わず声を漏らすと、将太がハッとしてこちらを見た。しおらしげだったその顔に、突如、悪辣なものが閃《ひらめ》く。だが、男性客に立ちどまられて、すぐに健気《けなげ》な表情に戻った。

「おい、小僧。このモク、妙な混ぜものとかしてないだろうな」

男が横柄に指をさす。

「混ぜもののない洋モクです」

「洋モクだぁ？」

将太が差し出す紙巻き煙草に、男が鼻を近づける。くんくんと鼻をうごめかせる男性客に、将太はますます殊勝な態度に出た。

「お父ちゃんの眼の治療のお金を稼ぐために、ＧＩさんからもらったんです」

「本当だろうな。馬糞《ばふん》なんか混ぜてたら、承知しねえぞ」

「そんなひどいことは決して致しません。でも洋モクだから、少し匂いや味が違うかもしれません」

男は疑わしそうに紙巻き煙草を矯《た》めつ眇《すが》めつしていたが、「ＧＩからもらった洋モク」という将太の売り文句に、欲求を抑えられない様子だった。煙草の配給はもう随分長い間ないのだと、父が嘆いていたことを思い出す。

「よし！　だったら買ってやる」

覚悟を決めたように、男が空き缶にしわくちゃの紙幣を突っ込んだ。

「おじさん、ありがとうございます」

頭を下げる将太の眼が、暗く光って見えた。

客足が途絶えたところで、将太が黒眼鏡の傷痍軍人の耳元でなにかをささやき、こちらへやってきた。

「こんなところで、雁首《がんくび》そろえてなにしてやがる」

声を潜めて詰問され、良仁たちは困ったように顔を見合わせる。

「……将太君こそ」

実秋がおずおず尋ねると、将太は「ふんっ」と鼻から息を吐いた。

「商売に決まってんだろ」

商売――。

良仁は、アコーディオンやハーモニカを演奏している傷痍軍人を眺めた。

あれもまた、〝商売〟だったのか。

本当に戦争にいった人たちの末路が汚されたようで、胸の奥がざらつく。

「俺たちの家が空襲で焼けたのは事実だ。空襲で怪我《けが》したのと、戦地で怪我したのだって同じことだろ」

良仁の視線に、将太は開き直ったように首をふった。

「言ったろ。お芝居なんて屁《へ》でもねえって」

実秋が明らかに傷ついた顔になる。秘かにライバル視していた将太が、〝気持ち〟とはまるで無関係なところで芝居をしていたことに、少なからずショックを受けている様子だった。

「もしかして、お前ら、浮浪児を見にきたとか？」

ふいに将太の表情に、面白そうな色が浮かぶ。良仁が曖昧にうなずくと、ぷっと噴き出された。

「本気かよ。芝居の勉強にってか？　甘ちゃんの考えそうなことだぜ」

侮蔑的な眼差《まなざ》しをよこし、将太が嘲笑《あざわら》う。

「芝居の勉強をすることが、どうして甘ちゃんなんだ」

普段物静かな実秋が、毅然《きぜん》として言い返した。

「勉強しないと芝居ができないってところが、そもそも甘ちゃんなんだよ。芝居なんて、やろうと思えばいくらだってできらぁ」

意外な人物から反論されて、将太も腹立たしげに嚙《か》みついてくる。

「大体、浮浪児見学に池袋《ブクロ》なんかにくるのがその証拠だ。ブクロ辺りにいるのは、兵隊含めて大抵が俺みたいなペテンだよ。本気で連中のことを知りたいなら、ノガミにいけよ」

ノガミ……。

きょとんとした良仁たちに、将太がいらいらした声をあげた。

「上野だよ、上野!」

眉間に中指を当て、ハーッと長い息をつく。

「ノガミも分からないお前ら二人が、主役の浮浪児を演じるんだからな。まったく茶番もいいところだよ」

「茶番じゃない」

茶化《ちゃか》されたのは祐介と良仁なのに、ここでも実秋が反駁《はんばく》した。

「俺たちが演じるのは茶番じゃない」

「茶番でなければ、お遊戯だ」

「お遊戯でもない。そんなこと言うのは許さない」

「なんだと、この野郎!」

いつもは大人しい実秋が断固として譲らないことに、将太の顔が赤くなった。

「だったら今から、ノガミに本物の浮浪児を見にいくか。ノガミの地下道は、こんなもんじゃねえぞ」

「見にいくとも」

実秋と将太に丁々発止《ちょうちょうはっし》と進められ、良仁は戸惑う。

「ちょ、ちょっと」

正直、帰りのバス代しか持ってきていない。ラジオ放送劇出演のお駄賃がもらえるのはまだ先なので、良仁の手元は心もとなかった。

「俺、電車賃持ってないんだけど……」

池袋の地下道でさえ、良仁にとっては充分衝撃だったのだ。これ以上恐ろしいところにはいきたくない。

「電車賃なんか、いらねえよ」

すかさず将太が声を張る。

「〝商売〟はいいの?」

それまで黙っていた祐介が、傷痍軍人に眼をやった。ニセ傷痍軍人たちは、相変わらずアコーディオンやハーモニカで、もの悲しい調べを奏でている。

「今日は俺は充分稼いだからもういいよ。後はあいつらでなんとかやるさ」

売り物の紙巻き煙草の一本を注意深く選んで口にくわえ、将太はアコーディオンを弾いている黒眼鏡に合図を送った。すると、眼が見えないはずの黒眼鏡がにやりと笑ってうなずいた。

将太を先頭に、良仁たちは地下道をくぐって反対側の出口に向かった。地下道の途中には、ほかにも何人かの傷痍軍人たちが立っていた。

あの人たちも皆、〝商売〟なのだろうか。

「見るな」

良仁の耳元で、将太がささやく。

「あの人は本物だ」

将太はポケットから紙巻き煙草を取り出し、黙って立ち尽くしているだけの初老の傷痍軍人の前の空き缶にねじ込んだ。通り過ぎるとき、男性の右腕の肘から先がないことに良仁は気がついた。

地下道の先の西口にも、食料品や雑貨を売るバラックがぎっしりと立ち並んでいた。

「俺の煙草は上質だからな。きっと高く売れるはずさ。なんせ、ほんのちょっぴりトウモロコシのひげを混ぜただけだからな。後は正真正銘の洋モクだぜ。干し芋をくれた優しいおばさんに売ったのだって本物だ」

つぶやきながら、将太がマッチを擦って煙草に火をつける。

「うわ、こりゃうめえや」

一口吸い、うっとりとした顔になった。

「お前らも吸うか」

良仁も祐介も実秋も、即座に首を横にふる。

「こっちの煙草は本物だぜ。せっかく奢《おご》ってやろうと思ったのに、しけたやつらだな」

紙巻き煙草をふかしながら、将太が黒い歯を見せてせせら笑った。

「こっちは本物って言ったけど、ほかの煙草はどうなんだよ」

祐介が問いかける。そう言えば、自分が口にくわえるとき、将太は随分注意深く紙巻き煙草を見比べていた。

「おっさんに売ったやつは、〝ハズレ〟だよ」

「〝ハズレ〟って?」

「混ぜものに使ったのは牛糞だ」

将太の平然とした答えに、全員が絶句する。

「シケモクに混ぜものするのなんて、常識だろ。乾いた牛糞はよく燃えるから、いい混ぜものになるんだよ。それに俺は嘘は言ってねえ。馬糞は混ぜてねえもの」

これが闇市の常識なのだろうか。どんなに美味《おい》しそうに見えても、やはり闇市の食べ物に手を出すのは危険そうだ。

「あんなニコチン中毒のオヤジ、どうせ味なんか分かりっこねえよ。なにか言われたら、〝洋モクですからねぇ〟で押し通すさ」

将太はあくまでもいけしゃあしゃあとしている。実際、良仁の父も兄もアメリカの煙草なんて吸ったことがないに違いない。傷痍軍人を父に持ついたいけな少年に「GIからもらった洋モク」だと言われたら、大抵の大人たちはまず信じ込んでしまうだろう。

「浮浪児を演じようってやつらが、これくらいでそんな顔すんな」

根元のぎりぎりまで吸った煙草の吸い殻を、将太が後生大事にポケットにしまい直す。それもまた、使い回すつもりでいるらしい。

「ほら、ノガミにいくんだろ」

半ば呆《あき》れている良仁たちを、将太はけしかけた。

ひしめき合う人たちをかき分けていくと、進駐軍のテントが張られた一角に出た。あちこちに、四輪のジープが停《と》められている。車体の前方に星印がついたジープを、良仁はしげしげと眺めた。屋根がなく、ハンドルがにゅっと突き出たジープはたまらなくかっこよかった。

やがて、白いヘルメットをかぶった巨大な米兵たちがやってきた。良仁はギョッとして後じさる。祐介も実秋も息を詰めた。

「アイラブアメリカン」

ところが大声で言いながら、将太が彼らに近づいていく。

「ハウアーユー、サー。グッドイブニング、サー」

学校にほとんどくることのなかった将太が英語をしゃべっていることに、良仁たちは驚いた。しかも話しかけられた赤毛の米兵は、にこにこと満面の笑みを浮かべている。将太がGIから煙草をもらっていたというのは、あながち嘘ばかりではないらしい。

「アイラブジープ、ゴートゥーウエノ、オーケー？」

将太がジープを指さすと、米兵が大きく顎《あご》をしゃくった。どうやら、「乗れ」と言っているようだった。

二人の米兵が前列に乗り込むのを茫然《ぼうぜん》と見ていると、将太に背中をどやされた。

「ほら、乗るぞ。ぼやぼやするな」

慌てて、後部座席によじ登る将太の後に続く。四人でぎゅうぎゅうと腰を下ろした途端、砂《すな》埃《ぼこり》をあげてジープが発進した。

「この時間になると、連中は浅草の六区に遊びにいくんだ。手前のノガミで降ろしてもらえる」

隣に座った将太が耳打ちしてくる。

暮れてきた街をジープに乗って走るのは、素晴らしい経験だった。気持ちのよい風を体いっぱいに受け、べたつく汗が乾いていく。ジープから眺める初夏の街の風景は、今までとは一変して見えた。街路樹にしげる緑が美しく、夕日に染まる空はどこまでも澄んでいる。

大きな交差点では、MPと書かれた白いヘルメットをかぶった背の高い憲兵たちが、きびきびと交通整理をしていた。

これがGIたちが見ている風景なのかと、良仁は興奮する。将太は得意げに腕を組み、祐介と実秋も瞳を輝かせていた。

しかし、夢のような時間は長くは続かなかった。上野についたとき、空にはすでに夕闇が漂い始めていた。ジープから降ろされると、急に心細さに襲われる。

駅に近づけば近づくほど、周囲は殺伐としてきた。

「いくぞ」

将太に先導され、人込みをかき分ける。駅前は、切符予約証明書の発行を待つ人たちでごった返していた。はぐれることのないよう、良仁たちは互いに固まって移動しなければならなかった。

地下道に入った途端、眼に染みるような悪臭に襲われる。将太が言ったとおり、それは池袋の比ではなかった。実秋が、口元を押さえて咳《せ》き込《こ》む。

地下道のあちこちに、うずくまっている人の影が見えた。新聞の上に、折り重なって寝ている人たちもいる。薄暗い電灯の下、いくつも水溜《みずた》まりができている。水溜まりの中で黒ずんで見えるのは、どうやら人糞のようだった。

ジープから見た光景とは、似ても似つかない暗黒の世界がそこにあった。むせるような腐敗臭に満ち満ちた地下の場景は、まさに地獄だった。

急ぎ足で地下道をいく人たちをさえぎるようにして、駆け回っている一群がいる。それが自分たちと同年代の子供たちであることに気づき、良仁は息をのんだ。

「絶対に眼を合わせるな」

将太が強くささやく。

「見たけりゃ横目で見ろ。かかわっちゃだめだ」

ちらりと眼に入った少年たちのあまりの汚さに、良仁は立ちすくんだ。もう汗が流れる季節なのに、ぼろぼろの外套《がいとう》のようなものをまとっている。遠くにいるにもかかわらず、ここまで酸っぱい体臭が臭ってきた。

もしかしたら彼らは、終戦前の春に疎開先から戻ってきたのかもしれない。三月の空襲で家を焼かれて両親を失った子供たちが、そのまま上野駅に置き去りにされて戦災孤児になったという話は、良仁も聞いたことがあった。

そのときから着の身着のままで、彼らはこの地下道で生き延びてきたのだろうか。

「おじさん、なにかおくれよ」

地方から東京へやってきたばかりらしい大荷物の中年男性を、大勢の少年たちが取り囲んでいる。その声はがらがらとひび割れ、とても同年代とは思えなかった。

「煙草《エンタ》ないのかい、エンタ」

垢《あか》で真っ黒になった手を突き出し、脅すように責め立てている。よく見ると、中には半裸の小さな子供までがまじっていた。暗闇の中、全員の眼玉が爛々《らんらん》と光っている。

生まれて初めて間近に見る戦災孤児たちの姿に、良仁の脚が震え出した。

中年男性が、彼らを追い払おうと腕をふり回す。

途端に、一番年長らしい少年が凄《すさ》まじい怒声をあげた。

「エンタよこせって言ってんだろう、バカ野郎がっ！　それとも身ぐるみはいでやろうかっ」

わっと声を発し、少年たちが一斉に男性に襲いかかった。周囲の人たちは皆、見て見ぬふりをして足早に通り過ぎていく。

「おいっ、なに見てやがるっ！」

突如一人の少年がこちらをふり向いた。その悪鬼のような表情に、良仁は意に反して、彼らをにらみつけてしまう。

「バカッ！」

将太が力いっぱい良仁の腕を引いた。

誰かが警察を呼んだらしく、遠くから警笛の音が響く。

「よっちゃん、早く！」

祐介からも腕をとられ、良仁は両側から引きずられるように走り出した。実秋も必死に後を追ってくる。

警笛が鳴り響く中、良仁たちは地下道の出口を目指し、無我夢中で駆けていった。

本番

昭和二十二年、七月五日。

ついに、良仁《よしひと》たちが出演するラジオ放送劇『鐘の鳴る丘』の本番の日がやってきた。

この日のために、念入りに稽古を繰り返してきた。毎朝発声練習をし、放課後に「外郎売《ういろううり》り」で滑舌《かつぜつ》を鍛え、何回も通し稽古をおこなった。

上野の地下道に、本物の戦災孤児も見にいった。

先週のことを思い出すと、しかし、良仁は今でも少し鼓動が速くなる。本物の戦災孤児は恐ろしかった。以前に菊井《きくい》先生が自分たちに説明したような「不幸な、かわいそうな子供たち」という感じではなかった。まるで、野犬の群れのようだった。

あの後、良仁たちはほうほうのていで地下道から逃げ出し、なんとか都電やバスを乗り継いで峰玉《みねたま》まで帰ってきた。途中で手持ちの小遣いが尽きてしまった良仁と、「歩いて帰る」と言ってきかなかった将太《しょうた》のバス代は、結局、祐介《ゆうすけ》がまとめて支払った。

家に着いたときには夕飯の時間をとっくに過ぎていたが、両親には芝居の演習が長引いたと伝えた。父も母も別段不審には思わなかったようだ。

その晩、良仁は一人で冷めきった夕飯を食べた。苦手な麦飯と、食べ飽きているはずの蒸し南瓜《かぼちゃ》が、なぜだかとても美味《おい》しく感じられた。

自分の頭の上に屋根があり、布団の上で寝られることが、しみじみとありがたかった。

「みんな、ちゃんとそろってる？　お便所にいきたい人はいない？」

完成台本を手にした重子《しげこ》が、全員の顔を見回す。

「便所なら、いつだっていきたいね」

軽口をたたいた将太を、重子は思い切りにらみつけた。

本番当日ですら、将太は放送劇よりも吸い殻拾いのほうが大切なようだ。眼《め》が合うと、「ふん」と鼻を鳴らされた。

あの日以来、将太はもちろん、祐介とも実秋《さねあき》とも、闇市や戦災孤児に関する話はしていない。池袋の地下道で、将太がニセ傷痍《しょうい》軍人たちと紙巻き煙草《たばこ》を売っていたことにも触れていない。

なんとなく、口にすることができなかった。

「将太君以外で、お便所にいきたい人はいないわね。都《みやこ》ちゃんは大丈夫？」

額にうっすらと汗をかきながら、重子が菅原《すがわら》教諭と一緒に最終確認を進めている。

「シゲちゃん、ちょっと」

スタジオの端にいる菊井先生が重子を手招きした。

「なんで俺だけ、便所にもいけないんだよ」

不貞腐《ふてくさ》れる将太には構わず、重子は台本を持って菊井のもとへ飛んでいく。

今日の第六スタジオは、大混雑だ。通し稽古での音効《おんこう》はナベさん一人だったが、この日はほかに三人の男性が控えている。

スタンドマイクのほか、天井から吊《つ》り下《さ》げられたマイクもあった。

ハモンドオルガンの前に座った古坂《こさか》先生は、今日は指揮棒を携えていた。

スタジオの一番奥に台が組まれ、そこに楽団が乗っている。その手前に、十人ほどの子供たちが並んでいた。

初めて会う同世代の少年少女たちは、児童合唱団「花かご会」のメンバーだ。男子は白いシャツに黒い半ズボン、女子は白いシャツに黒いスカートをはいて、引率の先生の指示に熱心に耳を傾けている。

服装をそろえ、ぴしりと並んでいる「花かご会」に比べると、良仁たち出演メンバーはてんでんばらばらの格好だった。きちんとした学生服を着ているのは、祐介と実秋の二人だけだ。

ほとんど台詞《せりふ》がないくせに、世津子《せつこ》はワンピースを着ておおげさにめかし込み、勝《まさる》にいたっては太いネクタイを締めている。坊ちゃん刈りに、年寄じみたネクタイがまったく似合っていなかった。

将太はお仕着せのだぶだぶの学生服の裾を引きずり、都も食べこぼしのついた服を着て平然としている。

かくいう良仁が身に着けているのも、兄のお古の擦り切れたシャツだった。

「現在、午後五時。本番十五分前、みんな、準備はいいか」

牛山《うしやま》先生がストップウォッチを掲げた。

「主題歌の後、すぐに芝居に入る。修平《しゅうへい》役の中沢《なかざわ》君、修吉《しゅうきち》役の祐介君、桂一《けいいち》役の将太君は、もうマイクの前で待機してくれ」

牛山にうながされ、祐介と将太が中沢の隣に並ぶ。

「諸君、頑張ろう」

背の高い中沢が、白い歯を見せて笑った。

中沢は台本を持っているが、祐介や将太をはじめ、良仁たちは台本なしで芝居に臨む。途中で台本を落としたり、ページをめくったりする際の雑音を防ぐためだ。

「牛ちゃん」

ナベさんが手をあげる。

「主題歌が終わったらすぐに、楽団と演者の間に幕を引いてくれ。台詞のマイクに楽団の音楽が入ると、台詞がにごるって調整から言われてるんだ」

「シゲちゃん、準備できてるか」

牛山の確認に、重子が引き幕を手にしてうなずいた。

「じゃあ、菊さん、一言」

牛山から手招きされた菊井が、スタジオの中央に向けて足を踏み出したそのとき、おもむろにスタジオの鉄扉があいた。

現れた人の姿に、第六スタジオが水を打ったようにしんとする。

ゆっくりとスタジオに入ってきたのは、胸にたくさんの勲章をつけたアメリカ人将校だった。

「ヒギンス少佐……」

菊井が小さくつぶやく。

ヒギンス――その名前には良仁も聞き覚えがあった。

〝それでまた呼び出された菊さんが、ヒギンスのオヤジともめてさ……〟

以前、牛山が菅原の耳元でそうささやいていたことを思い出す。良仁はひやりとしたが、菊井は黙って数歩後ろに下がった。

代わりに、ヒギンス少佐がスタジオの中央に立つ。

「皆さん、今日は記念すべき日です」

青い眼の将校が流暢《りゅうちょう》な日本語で話し始めたことに、良仁は度肝を抜かれた。まさかこんなふうに達者な日本語をしゃべるアメリカ人がいるとは、思ってもみなかった。中沢の隣に並んだ祐介と将太も、ぽかんと口をあけている。

「私は、ＣＩＥ放送班長のヒギンスです。ここに多くの優秀な子供たちを迎えることができて、大変嬉《うれ》しく思います」

にこやかな笑みをたたえ、ヒギンス少佐は「花かご会」のメンバーと、良仁たちの顔を順番に眺めた。

「『鐘の鳴る丘』は、我が国のエドワード・ジョゼフ・フラナガン神父の慈愛の精神に基づく、戦災孤児救済のためのドラマです。フラナガン神父は、アメリカ、ネブラスカ州に〝少年の町〟と呼ばれる非行少年のための更生施設を作った、偉大なる聖職者です」

とうとうと語るヒギンスに、良仁は微《かす》かな違和感を覚える。

『鐘の鳴る丘』は、菊井先生が孤児のために書いた物語ではなかったっけ。

思わず視線をやると、菊井は無言で下を向いていた。

「今、全国に多数の浮浪児《ふろうじ》が発生し、戦後の日本社会の大きな問題となっています。私は、このドラマがそうした非行少年たちを啓蒙《けいもう》し、より良い道へと導くきっかけとなることを確信しています」

ヒギンスが、全員の顔を見回す。

「皆さんの健闘に期待しています。スタジオ内に響き渡った。「花かご会」のメンバーが、嬉しそうに
最後に放たれた英語が、スタジオ内に響き渡った。「花かご会」のメンバーが、嬉しそうに拍手する。つられて、世津子と勝がぱらぱらと手をたたいた。

良仁は茫然《ぼうぜん》と立ち尽くしていた。かたわらの実秋も、手を動かそうとはしていない。都はただきょとんとしている。

拍手に送られて、ヒギンス少佐が颯爽《さっそう》とスタジオを出ていくと、部屋の中に妙な空気が漂った。大人たちはなんともきまり悪そうに、顔を見合わせたり、うつむいたりしている。

マイクの前に立った祐介は、直立不動で微動だにしていない。将太はそっぽを向いていた。

「それじゃ、菊さん……」

場を改めるように、牛山が再び菊井に声をかける。

「いや、もういい」

だが菊井は醒《さ》めた表情で首を横にふった。牛山の顔に、明らかな安堵《あんど》の色が浮かぶ。実際、ほとんど時間がないようだった。

「本番、三分前！」

牛山が声を張る。

古坂先生がハモンドオルガンを離れ、指揮棒を手に「花かご会」と楽団の前に立った。

マイクの前の中沢や、祐介たちの顔も引き締まる。

牛山がてのひらをこちらに向けた。「用意」の合図だ。スタジオ内がしんとする。

牛山の人差し指がふり下ろされるのと同時に、古坂がさっと指揮棒をふり上げた。

キンコンカンコン　キンコンカンコン……

一段高いところにいる楽団から、鐘の音が鳴り響いた。

〽緑の丘の赤い屋根　とんがり帽子の時計台
　鐘が鳴ります　キンコンカン
　メイメイ　子山羊《こやぎ》も鳴いてます……

息もぴったりに、「花かご会」のメンバーが、大きく口をあけて歌い出す。

そのコーラスの素晴らしさに、良仁は眼《め》を見張った。

きっとこれまでに彼らも、散々練習を積んできたのだろう。初めて聞く「花かご会」のコーラスは、元気いっぱいで、明るさに満ち満ちて、心がわくわくと浮き立つようだ。

〽風がそよそよ　丘の家
　黄色いお窓はおいらの家よ

一度聞いただけで、良仁はこの主題歌に魅了された。

〝とんがり帽子の時計台〟という歌詞は異国情緒にあふれ、緑、赤、黄色と色彩も鮮やかだ。

なにより、快活なメロディーが耳に心地よい。

だが、聞き惚《き ほ》れている暇はなく、主題歌が終わるとすぐに劇が始まった。

中沢、祐介、将太による芝居が終われば、良仁の出番がやってくる。

「〝兄さんだって、帰ってこなくてもいいんだ。もう、帰ってこなくてもいいんだ……〟」

「〝俺だって、お父ちゃんなんか、いなくていいよ〟」

感化院を脱走し、自暴自棄になっている二人の少年を、祐介と将太が難なく演じている。二人の声がマイクを通し、今、全国のラジオで流れているのだ。

そう考えた途端、喉の奥がからからに干上がったようになった。こんな状態で、本当に練習通りの声が出せるだろうか。良仁はにわかに不安になる。

祐介たちの出番が終わり、入れ違いにマイクの前に足を進めた。

緊張で、手足が震える。腋《わき》からも胸元からも背中からも、どっと汗が噴き出した。

真っ白になりかけた頭に、かろうじて台本の台詞を思い浮かべる。

中沢演じる修平との出会い頭、鞄《かばん》を奪って逃げる場面からだったはずだ。

でも――。

だめだ、だめだ。もうなにも思い浮かばない。

「〝おい、待てっ！　僕の鞄をどうしようっていうんだっ！〟」

修平役の中沢が、大声をあげる。普段の優しい中沢とはかけ離れた、迫力のある声だ。

「〝待てぇっ！〟」

修平が追ってくる。

その瞬間、自然と口が開いた。

「〝なにしやがるんでぇ！　放せ、放さねぇとぶっ殺すぞっ〟」

気づくと良仁は、マイクに向かって力いっぱい叫んでいた。

〝エンタよこせって言ってんだろう、バカ野郎がっ！　それとも身ぐるみはいでやろうかっ〟

頭の中に、上野の地下道で見た戦災孤児の少年の凄《すさ》まじい声が響く。

「〝殴るのか、殴れ、いくらでも殴れ〟」

緊張が消え、代わりにふつふつと怒りがわいてくる。

「〃俺は新橋《しんばし》の隆太《りゅうた》だぞ！　仲間が百人も、二百人もいるんだぞっ！〃」

いつしか良仁は、上野の少年の怒声に自らの声を重ねていた。

最後の一人

十五分間の本番は、あっという間に終了した。なんだか夢中になりすぎて、良仁《よしひと》は帰りのバスの中でも、ずっとぼんやりしていた。

「良仁！」

家に着くなり、作業着姿の父が土間から走り出てきたので、良仁は身構えた。父がこんなふうに声高に自分の名前を呼ぶときは、十中八九ろくなことがない。

また、なにかばれたのか。

最近の所業を思い出そうとしたが、なにも浮かばなかった。このところラジオ放送劇の演習が忙しすぎて、悪戯《いたずら》をする暇もなかったはずなのだが……。

そうこうしているうちに、父が眼《め》の前までやってきた。野良仕事で日に焼けた顔を真っ赤に上気させた父が、眼を爛々《らんらん》と輝かせて良仁の肩をむんずとつかむ。

「良仁ぉおおおおっ！」

父のあまりの興奮ぶりに、良仁はたじろいだ。ぼうっとしていた頭が徐々にはっきりしてくる。

もしかして、あれか――。

良仁は、一つだけ思い当たった。

ときどき父の「わかもと」を失敬していたのがばれたらしい。わかもとは苦いような甘いような奇妙な味だが、ぼりぼりと噛《か》み砕《くだ》くときの食感が面白くて、つい盗み食いをしていたのだ。

「父ちゃん、わかもと食ってごめ……」

良仁が口にしかけた言葉を、父の大音声がかき消す。

「良仁っ、よかったぞ！」

「え？」

「素晴らしかったぞ、『鐘の鳴る丘』！」

思い切り肩を揺さぶられ、良仁はようやく我に返る。あまりに無我夢中で、ほとんど実感がわかなかったが、先程の自分たちの演技は、本当にラジオで全国に放送されていたのだ。

「隆太《りゅうた》って役をやっていたのが、お前だろ。いやあ、名演技だった」

興奮冷めやらぬ様子の父に、良仁は半信半疑で聞き返す。

「……と、父ちゃん。俺、本当に大丈夫だった？」

「大丈夫もなにも！　すごい迫力だったぞ。本当に浮浪児《ふろうじ》が眼の前にいるみたいだったぞ」

父は満面の笑みを浮かべ、良仁の肩をばしばしとたたいた。

「よっちゃん、とってもよかったよぉ」

父の背後からやってきた母も、目尻ににじんだ涙を手ぬぐいでふいている。

「台詞《せりふ》もたくさんあって、すごいじゃないか。よく頑張ったな」

兄の茂富《しげとみ》までが、良仁を迎えに庭まで出てきていた。

「主役の修吉《しゅうきち》を演じてたのは、ゆうちゃんだよね。ほかの子たちも皆、生き生きしていて大人の役者さんたちに、ちっとも引けを取っていなかった。続きが楽しみだよ」

茂富は白い歯を見せて笑った。

生放送で演じていた良仁には、それを聞き返す術はない。放送終了後、菊井《きくい》先生や牛山《うしやま》先生からは「お疲れさま」と言われたが、正直、たいして実感がわかなかった。それに、菅原《すがわら》教諭や重子《しげこ》を含め、大人たちは明日の放送の準備ですでに心がいっぱいのようだった。

だが、自分を迎えてくれた家族の表情に嘘はない。全員が、心から放送劇を楽しんでくれたようだ。

「さ、疲れたでしょう。ご飯にしましょう」

母に背中を押されるようにして、良仁は家に入った。

居間の襖《ふすま》をあけると、食欲をそそる匂いが鼻腔《びこう》をくすぐる。色鮮やかな食卓に、良仁は眼を輝かせた。卓袱台《ちゃぶだい》の上には、紅鮭《べにざけ》や大きなトウモロコシ等、良仁の好物がずらりと並んでいた。

なにより、お櫃《ひつ》の中に入っているのはつややかな白米だ。

家族と卓袱台を囲み、良仁は久方ぶりのご馳走《ちそう》に舌鼓を打った。麦や芋で嵩増《かさま》しをしていない白米は、もっちりとして甘い。真っ赤なトマトや胡瓜《きゅうり》も、いつもの何倍も瑞々《みずみず》しい。

ふと良仁の脳裏に、闇市の屋台に山と積まれていた色とりどりの新鮮な野菜が浮かんだ。ちらりと父や兄を見たが、二人ともなんでもないように白米を口に運んでいる。

この世の中には、言わずもがななことがある。

ラジオ放送劇への参加は、学校と家しか知らなかった良仁の世界の枠を、力ずくでぐいと押し広げた感があった。〝新しい時代〟に生きる大人たちと過ごすうちに、語られないことの中にこそ、むしろ重要なことが潜んでいる気配を、良仁は幾度となく味わった。

本番前に突然現れた、流暢《りゅうちょう》な日本語を話す米軍将校。

その前で交わされていた、大人たちの気まずい視線。菊井先生の醒《さ》めた横顔。

先ほど父は、〝本当に浮浪児が眼の前にいるみたいだった〟と言った。でも、良仁が上野《ノガミ》で見かけた野犬の群れのような戦災孤児たちは、こんなふうに両親と一緒に食卓を囲むことは二度とないのだ。

「よっちゃん、どうしたの」

母に声をかけられ、良仁は我に返る。いつの間にか、箸がとまっていたらしい。

「鮭、好きでしょう？」

少し心配そうに、母がこちらを見ている。

「うん、美味《うま》い」

良仁はむしった紅鮭を白米の上にのせてかき込んだ。鮭の塩気と、白米の甘みが舌の上でまじりあう。あまりの美味《おい》しさに、眩暈《めまい》がしそうだ。

このご馳走がどこから出てきたのか。そもそも戦争が終わったのに、どうしていつまでも食糧が不足しているのか。難しいことは、やっぱりよく分からない。

ただ良仁に分かるのは、父や母が自分のために、とっておきの食材を放出してくれたことだけだ。

「しかし、菅原先生には感謝しないといけないなぁ」

父が感極まったようにつぶやく。

「茂富に比べると、良仁はバカでバカでバカでバカだと思っていたが、やればやれるもんだなぁ……」

どれだけバカだと思っていたのかと、良仁はあきれた。

けれど、『鐘の鳴る丘』の放送第一回が無事成功を収めたことは確からしい。腹がくちくなり人心地がつくと、ようやく喜びらしいものがじわじわと込み上げてきた。初めて自分が、父母や兄に喜んでもらえるなにかを成し遂げられた気がした。

もっとも、安心ばかりしてはいられない。

二回目の放送は明日なのだ。この先良仁は、毎週土曜と日曜に、生放送に出演することになる。

「今日はお風呂にゆっくり入って早く寝なさい。明日も放送でしょう?」

母も上機嫌でにこにこと笑っている。

いつもなら、食べ終わった器を運べだの、洗うのを手伝えだのと命じられるのに、今日はどこまでも待遇がいい。一番風呂にまで入れてもらえるのかと、良仁はほくほくした。

早速、布団を敷きながら風呂に入る準備をしていると、兄がやってきた。

「よっちゃん、今日は本当に大仕事だったね」

改めてそんなことを言われると、やっぱりこそばゆくなってくる。そもそも、放送劇への出演を一番初めに支持してくれたのは、兄の茂富だった。

「兄ちゃんが、やってみろって言ってくれたからだよ」

あのときの兄の〝新しい時代〟という言葉に、良仁は背中を押されたのだ。

「俺も見てみたかったんだよ。菅原先生が、新しくなにを始めようとしているのか」

茂富は軽く息をついて良仁のかたわらに腰を下ろす。

「菅原先生って、昔、兄ちゃんの担任だったんだよね」

「まあ、そう言えなくもないけど……」

兄らしくない歯切れの悪い口ぶりに、良仁はいささか怪訝《けげん》な気分になった。

それが顔に出ていたのだろう。茂富が苦笑じみたものを浮かべる。

「いや、担任って言っても、菅原先生は年末にきたんだよ。あのとき俺はもう国民学校の六年生だったから、菅原先生には最終学期しか習っていない」

天井を見つめ、茂富が独り言のように続けた。

「俺の元々の担任の先生は、突然、いなくなったから」

「いなくなった？」

戦争へいったのだろうか。

「兵隊になったの？」

「その反対」

「反対？」

聞き返した良仁に、茂富はうなずいた。

「その先生は、俺たちに、戦争にいくなって言ったんだよ」

茂富が、良仁をじっと見つめる。

「この戦争は間違ってる。近い将来、日本は必ず戦争に負ける。だから、未来のある子供たちは戦争に加担するべきではないって、はっきりと言ったんだ」

茂富の言葉に、良仁は驚いた。

兄が六年生のとき、自分は国民学校に入ったばかりだった。

ニッポンヨイクニ　ツヨイクニ
セカイニカガヤク　エライクニ
全員で教本を暗唱させられていたときに、正反対のことを口にしていた先生がいたなんて。

「その先生はどうなったの？」

茂富は黙って首を横にふった。

「絵がうまくて、星の好きな先生だったよ」

茂富の顔に、寂しそうな笑みが浮かぶ。

「冬の火の用心めぐりの時期とかになると、よく夜空を指さしていろいろと教えてくれた。土星の輪っかの話や、木星の衛星の話とかね」

天体望遠鏡で、実際に土星の輪っかを見せてくれたこともあったという。

「驚いたよ。肉眼ではどれも同じ、小さな光なのにさ。望遠鏡でのぞくと、全部違うんだ。土星は黄色くて、木星は赤いんだ」

しかし、そんな天体観測の晩は長く続かなかった。東京の夜空に敵機が現れるようになったからだ。

「あの先生は、眼に見えないものも、ちゃんと見ようとする人だったんだと思う」

途中から、茂富の言葉は完全に独り言になっていた。

「菅原先生は？」

思わず尋ねると、兄はハッと我に返ったように良仁を見た。

「菅原先生は、その先生の代わりにうちの学校にきたんだよ」

茂富がふっと口をつぐむ。

「……それで、俺たちは、国民学校を卒業するとすぐに軍需工場へいったんだ」

しばしの沈黙の後、茂富は投げ出すようにそう言った。

兄の横顔を眺めながら、良仁はなぜか、中折れ帽を脱いで深々と兄に頭を下げていた菅原の姿を思い出す。

ここにも、言わずもがなことがある気がした。

「兄ちゃん……」

良仁が口を開きかけたとき、ふいに襖があいた。

「おい、良仁」

怪しむような表情を浮かべた父が、廊下に立っている。

その手に「わかもと」の瓶が握られているのを見て、良仁はぎょっとした。食後にわかもとを数粒食べるのが、最近の父の習慣だった。

「お前、さっき、わかもとがどうとか言ってたよな」

明らかに不自然に目減りした瓶をかざし、父がすうっと眼を据わらせる。

「言ってない、言ってない！」

良仁は慌ててその場を逃げ出した。


それからは、一層忙しい日々が始まった。

発声練習や「外郎売り《ういろううり》」等の基礎練習こそなくなったが、毎週二回分の台詞を頭にたたき込まなければならず、一週間が飛ぶように過ぎていく。

良仁たちは授業が終わるや否や、菅原教諭と重子に引率されて、田村町《たむらちょう》のＮＨＫ東京放送会館に向かった。本番の放送が始まって以来、平日もほぼ毎日、放送会館のスタジオで予行演習が行われた。

参るのは、そうやって必死に覚えた台詞を、本番の直前にたびたび変更されてしまうことだ。カーボンで複写したわら半紙を持った牛山先生がスタジオに駆け込んでくるたび、良仁たちは顔色を失った。

しかし、それ以上に顔色を悪くしているのが、菊井先生だ。以前から浮いていた眼の下の隈《くま》は、今では油性ペンで塗ったように真っ黒になっている。

その日も、菊井はスタジオの片隅で頭を抱えていた。

台本を前になにかを考え込んでいる菊井には、誰も声をかけられない。せめて今練習している台詞の変更がないことを、秘《ひそ》かに祈るだけだ。

「良仁君、ちゃんと集中して」

ぴしりと重子の声が飛ぶ。

良仁は慌てて台本に眼を落とした。

「〝お前、誰だい？〟」

マイクを挟み、実秋《さねあき》と世津子《せつこ》が立っている。ついに、悪役の金持ち姉弟、まき子と昌夫《まさお》が物語に登場してきた。

「〝俺、隆太って言うんだよ〟」

「〝おい、ここは僕の家の前だから、よそへ行けよ〟」

実秋が、憎々しげに眉を吊り上《つ》《あ》げる。

「〝昌夫、そばへ寄っちゃだめよ。この子はよそからきた子供なんだから〟」

世津子がきんきんと甲高い声を放った。あんなに悪役は嫌だと駄々《だだ》をこねていた割に、こちらは、いつもとたいして変わらない。要するに、はまり役だ。

「〝よそへいけって。ここは僕んちだぞ〟」

普段の優しい実秋からは想像もつかない性悪そうな声音に、良仁は本気でムッとした。

「〝お前、ここんちのジャリか〟」

「〝ジャリってなんだよ〟」

「〝ぼう鱈《だら》の子かってんだよ〟」

良仁の浮浪児特有の言い回しに、実秋は肩をすくめる。

「〝お姉ちゃん、こいつ、なに言ってるのか、ちょっとも分からないよ〟」

「〝本当ね。さっぱり分からないわ〟」

「〝あっちへいけ、あっちへいけよ〟」

昌夫が隆太に石を投げ、ついに取っ組み合いが始まった。

「〝お母さん、源吉《げんきち》！〟」

弟の劣勢を見て取るや、姉のまき子が母や使用人たちを呼び、自分たちはなにもしていないのに、隆太が暴力をふるったと言い募る。坊ちゃんである昌夫の言い分はまかり通り、戦災孤児である隆太の弁解は撥《は》ねられる。

「〝チキショウ、チキショウ、バカ野郎！〟」

大人たちの理不尽な扱いに、良仁は怒声を放った。

「はい、いいわ」

重子が満足げな笑みを浮かべる。

「三人ともとてもいい感じよ。役の特徴もつかんでるし、台詞もばっちり。これなら本番も問題ないわね」

良仁はほっとして肩の力を抜いた。

無論、台本が変わってしまえば、この努力もすべて水の泡と化すのだが。

自然と、視線が部屋の隅の菊井先生に向いた。菊井は、相変わらず台本を前にしてじっと考え込んでいる。どうやら、この先の新しい登場人物に合う配役が、今ひとつぴんときていないらしい。今までは主要人物以外のほとんどの役を重子が声色を変えて担当していたが、それだけでは足りなくなってきたのだろう。

それに、今後は重子も重要な人物を演じることになる。

その役が、流浪する修吉を助ける新聞売りの〝おばば〟だと知ったとき、良仁たちは笑いを禁じえなかった。

鬼ばばが、おばばを演じるとは。

このときばかりは普段は気の合わない勝《まさる》までが一緒になって、帰りのバスの中で涙が出るほど大笑いした。

「少し休憩しましょうか」

当の重子に声をかけられ、良仁はびくりとする。

「なに、変な顔してるの。どうせまた、ろくでもないこと考えてたんでしょ」

すかさず平手でいがぐり頭をはたかれた。

「これから良仁君の役はますます大変なんだから、しっかりしなさいよね」

ずけずけと言い放ち、重子はマイクスタンドの前を離れていった。

鬼ばばめ……。

良仁は内心舌打ちしながら、頭をさする。

確かにこの先、良仁が演じる隆太には災難が続くのだ。行方不明の弟を探す修平《しゅうへい》と行動をともにするうちに、かっぱらいや暴力はよくないという気持ちが隆太の中にも芽生えるものの、その都度、心ない偏見にさらされて再び心が荒《すさ》んでしまう。

難しい役どころではあるが、敵役《かたきやく》の実秋の演技が真に迫っているので、自然と良仁も役に入ることができた。

これが、〝気持ち〟ってやつなのかな。

良仁はちらりと実秋を見やる。

世津子はさっさと長椅子に休みにいったが、実秋はまだ熱心に台本を読んでいた。実秋の台本はいつも書き込みで真っ黒になっている。

良仁は近くの卓子に台本を伏せ、周囲の様子をうかがった。もう一本のマイクを囲み、祐介《ゆうすけ》と将太《しょうた》が菅原教諭の指導を受けている。祐介はいつも通りにはきはきと台詞を読んでいるが、将太は見るからにやる気がない。あくびまじりに尻をかきながら台本を読む態度に、重子なら雷を落とすだろうが、菅原も祐介も淡々としていた。

今日は珍しく貴美子《きみこ》がきていて、勝と都《みやこ》は彼女と一緒に練習をしている。貴美子の前で、勝がでれでれと鼻の下を伸ばしているのを見ると、良仁は「けっ」と吐き捨てたい気分になった。

こっちの練習も、貴美子さんが見てくれればいいのに……。

しかしそうなればなったで、今度は世津子が大変そうだ。美人でお洒落《しゃれ》な貴美子に、世津子は無駄なライバル心を抱いているようだった。

相手は女優さんなのにさ。

長椅子に座って手鏡をのぞき込んでいる世津子を横目に、良仁はスタジオを出た。便所にいきたくなるたび、三階まで階段を上がらなければならないのは一苦労だ。

さすがに最近では、大柄な米兵とすれ違っても無暗《むやみ》に緊張することはなくなった。まさか将太のように彼らからなにかをかすめ取ろうとは思わないが、こそこそと逃げ隠れする必要もないのだと知った。元々彼らは、良仁のことなどまるで眼中に入っていない様子だった。

ここにいる米兵は、街中で見かけるＧＩたちとはなにかが違う。貨物列車の連結部分から缶詰を放ってくれた赤ら顔の米兵とも、先日、良仁たちをジープに乗せてくれた若い赤毛の兵隊とも、どこかが異なる。

それがなんなのか、良仁にははっきりとは分からない。ただ、彼らと自分たちの間には、見えない、しかし分厚い硝子《ガラス》の壁のようなものがあることを感じるだけだ。

そしてその壁は、常にあちら側からしか開かない。

ふと良仁の脳裏に、たくさんの勲章を胸につけたヒギンス少佐の姿が浮かんだ。本番の日以来、ヒギンス少佐は時折スタジオに現れて、流暢な日本語で良仁たちの演技を称賛した。クッキーやチョコレートをふる舞ってくれることもあった。

たとえ微《かす》かに思うところがあっても、良仁はいつも誘惑に負けて、それをその場で口にしてしまう。食べれば甘いし美味しいし、どうしたって幸せな気分になる。

ところが、将太だけは絶対にヒギンスの菓子を食べようとしなかった。

〝アイラブアメリカン〟

街中では、ああも馴《な》れ馴《な》れしくGIに近づいていったのに、ヒギンスとは眼も合わせない。あちらからの壁が一方的に開いても、頑《かたく》なに背を向けている感じだった。

そのくせ、今でも吸い殻拾いには余念がない。

いまだに表立って触れることのできない闇市での将太の姿を思い返し、良仁は小さく息をついた。将太と自分たちの間にも、見えない壁があることは否めない。

三階の便所で用を足して一階に戻ってくると、第六スタジオの前の廊下に置かれた長椅子に、重子と貴美子が座っているのが見えた。

「シゲちゃんのお姉さんのこと、私も今でも思い出すわ」

貴美子の声が小さく響く。

「今年の夏が三回忌?」

「ええ。もう、あれから二年経《た》つのね……」

重子がつらそうに顔をうつむけた。

良仁は思わず足をとめる。柱で死角になっているため、二人はこちらに気づいていない。

いつもはつらつとした重子のあんなに沈鬱な表情を、良仁は今まで一度も見たことがなかった。

「シゲちゃんが広島に入ったのは、いつだったの?」

「八月の十日頃」

「それじゃ、新型爆弾が落とされてから四日後だったのね」

「切符も取れなかったし、列車もなかなか動かなくって」

「あのときは、東京も大変だったものね」

二人は額を突き合わせてひそひそとささやき合っていた。

「爆心地はひどい状態で、覚悟はしてたんだけれど、姉は一命はとりとめていたの。大火傷《おおやけど》はしていたけれど、私の顔を見ると、涙を流して喜んでくれた。それからすぐに戦争も終わって……。灯火《とうか》管制がなくなってからは、二人で一晩中話をしたの。姉は熱に浮かされたみたいに、これからやっと本当の芝居ができる、自分の女優人生はここから始まるんだって、何度も何度も繰り返していて……。やっと、戦争が終わったのに……」

重子の声が途切れる。

良仁はどうしてよいか分からなくなり、柱の陰に身を潜めた。

「でも、シゲちゃんがこうしてまた芝居の世界に戻ってきてくれて、お姉さんは本当に喜んでると思う」

「そうかな。姉のほうが、私よりずっと綺麗《きれい》で背も高くて、才能もあったのに。でも、だからこそ、広島の舞台に呼ばれたんだって考えると、私は今でも運命を許せなくなるの」

「シゲちゃん……」

深く項垂《うなだ》れた重子の手を、貴美子がそっと握る。

「シゲちゃんは立派よ。シゲちゃんは演技だけじゃなくて、子供たちに教えることもうまいもの。お姉さんの遺志を継いで、ちゃんと演劇界に貢献してる。シゲちゃんがいなかったら、今回のラジオ放送劇だって成立してない」

「キミちゃん、ありがとう……」

重子は泣いているようだった。良仁は、動くことができない。

二人はしばらく長椅子の上で身を寄せ合っていたが、やがてどちらからともなく立ち上がり、スタジオの中に入っていった。

ようやく柱の陰から出て、良仁は肩で大きく息をつく。

壁があるのは、なにもＣＩＥや将太との間だけじゃない。誰もが壁を持っていて、そこに知らない顔を隠しているのかも分からない。

これまで一度も見たことがなかった重子のつらそうな表情がよみがえり、良仁はじっとその場に立ち尽くした。

それから数日後、ちょっとした事件が起きた。

その日は、菅原教諭が新しいメンバーを迎えにいくとのことで、良仁たちは重子の指導のもと、スタジオでの練習に励んでいた。

眼の下を真っ黒にしながら執筆している菊井先生の台本は、ますます面白くなっていた。兄の修平と生き別れて流浪する修吉は、様々な人たちと巡り合う。いい人もいるし、悪い人もいる。だが、最も興味を惹《ひ》かれるのは、それだけでは割り切れない登場人物たちだった。

列車から飛び降りて怪我《けが》をした修吉を助けてくれた優しい小父《おじ》さんは、実は指名手配中の強盗だった。小父さんとの別れの回は、修吉役の祐介の名演もあって、重子や貴美子の涙を誘った。

良仁演じる隆太の子分の浮浪児たちも、警察のかり込みに追われたり、掏《す》りの親方に利用されたりと、波乱万丈の運命に翻弄される。

時折良仁は、演じていることを忘れて、隆太たちの数奇な運命に心を奪われた。そこに古坂《こさか》先生の哀切なハモンドオルガンの調べや、ナベさんの臨場感たっぷりの音響効果が入ると、練習であっても本番であっても無我夢中になる。

毎回、こんなに面白い物語を作る菊井たちは、やっぱり〝新しい時代〟に生きるすごい大人たちだ。

通し稽古も終盤に差しかかったとき、ふいに第六スタジオの扉があいた。

マイクの前に立っていた良仁は、口にしかけていた台詞をのみ込む。

菅原と一緒にスタジオに入ってきたのは、思いもよらぬ人物だった。

「孝《たかし》……？」

かたわらの祐介が、心底意外そうな声をあげる。

ランニングシャツ一枚の孝は、菅原の背後でもじもじとしていた。峰川上水でアオを洗っていたときにはあんなに堂々と見えた大きな体躯《たいく》が、場違いなスタジオで小さく見える。

「孝のやつ、スタジオ見学にきたんだな」

勝が得意げに胸をそらした。

「みんな、知ってるか？『鐘の鳴る丘』、今、どんどん人気が出てるんだぞ。お父ちゃんが言ってたもの。ラジオから、キンコンカンコンって鐘の音が鳴ると、表で遊んでいた小学生たちが、慌てて家の中に飛び込むんだって。『鐘の鳴る丘』の放送中は、公園も路地裏も、誰もいなくなるんだってさ」

本当に、そんなことが起きているのだろうか。練習に明け暮れる良仁たちには、実際のところ、生放送の反響はさほどよく分からない。

家族は毎回大絶賛してくれるが、勝の父親の話も、所詮その域を出ないのではないかと良仁には思われた。

「そのうち、俺たち、スターになるよ」

鼻高々な勝の横で、「くっだらねえ」と将太が吐き捨てる。

将太は今日も便所ついでに〝会議室の掃除〟に精を出してきたらしく、全身から吸い殻の臭いを漂わせていた。

「でも、なんで孝君が見学にくるのよ。どうせなら、学級委員や、新聞部の部員にきてほしいわ。そうしたら、写真を撮らせてあげてもいいのに」

縮らせた髪をいじりながら、世津子が勝手なことを言う。

「学校新聞の取材にならら、答えたってよくってよ」

写真だの取材だのはともかく、確かに良仁も不思議だった。

アオの世話で忙しい孝が、毎週ラジオ放送劇を聞いているとは思えない。

「よくきてくれたねぇ」

首からストップウォッチを提げた牛山先生が、わら半紙を持って孝の前に出た。

まさか——。

「じゃあ、これを読んでみてくれるかな」

牛山先生が孝に台詞の書かれたわら半紙を渡したので、その場にいる全員が眼を丸くした。

わら半紙を手にした孝は、一層身を小さくする。言葉に詰まる癖のある孝は、朗読が大の苦手なのだ。

「さ、前をあけてあげて」

重子にうながされ、良仁たちはマイクの前から数歩後ろに退いた。

何度も頭をひねりながら、孝がおずおずとこちらへやってくる。もしかしたら、ここへ連れてこられた孝自身が、一番状況を理解していないのかもしれなかった。

孝がマイクの前に立つと、スタジオ内がしんとした。

わら半紙を前に掲げ、孝がすっと息を吸う。

「み、みみみ、見えるね。お、俺、き、ききき、汽車好きだよ。で、でも、汽車より、俺のほうが、は、は、速いぞ」

緊張のせいもあるだろうが、いつも以上に言葉が詰まった。

無理もない。良仁たちだって、最初に台詞を読まされたときは、誰もがひどい滑舌《かつぜつ》だったのだから。孝は発声練習すらしていない。

「菊さん、どう？」

だが牛山は、なんでもないように部屋の隅にいる菊井を見やった。

「うん」

珍しく、菊井が満面の笑みを浮かべる。

「とても、いいね。新メンバーは、彼でいこう」

一拍後。

「うっそぉおおおおおお！」

勝の大声が、スタジオ中に響き渡った。

涙

八月に入ると、アブラゼミやミンミンゼミが一斉に鳴き出した。

強い日差しの中、畦道《あぜみち》を歩いていると全身から汗が噴き出す。秩父《ちちぶ》山地の上には、大きな入道雲がいくつもわいていた。

東京放送会館での演習を終えた良仁《よしひと》は、祐介《ゆうすけ》と実秋《さねあき》と連れだって、久々に峰川上水にやってきた。今日は、新たにラジオ放送劇の出演メンバーに加わった孝《たかし》に代わり、アオの面倒を見ている孝の妹、邦子《くにこ》に会いにいくのだ。

学校が夏休みに入り、午前中から予行演習ができるようになったおかげで、ようやく少しは自由時間が戻ってきた。演習が終わるなり、勝《まさる》と世津子《せつこ》はさっさと家に帰り、将太《しょうた》もどこかへと姿をくらましたが、良仁は祐介たちと一緒に孝につき合うことにした。久しぶりに、アオの顔も見たかった。

良仁たちの前を、孝と都《みやこ》が並んで歩いている。

首にタオルを巻き、白いランニングシャツを着た小父《おじ》さんのような大きな背中と、おかっぱ頭の小さな後ろ姿は、こうして見るとまるで親子のようだ。

今朝の演習は、この二人が中心だった。

隆太《りゅうた》の不在中、みどりは警察のかり込みにつかまって収容所に入れられてしまう。そのみどりを背負い、収容所から一緒に逃げ出したのが、孝が演じる〝ガンちゃん〟だ。

ガンちゃんは軽い知的障害があるが、力持ちで優しい。みどりに亡き妹の面影を見るガンちゃんは、やがてみどりを守るために、掏《す》り仲間を抜けて「少年の家」を作ろうとする修平《しゅうへい》や隆太の仲間に加わることになる。

夜汽車の窓の明かりを見るのが好きで、みどりを妹のように可愛《かわい》がる怪力のガンちゃんは、確かに孝にぴったりだ。

それに孝がどんなに台詞《せりふ》をつっかえようと、菊井《きくい》先生はむしろ満足げだった。

だが菅原《すがわら》教諭が家を訪ねてきたとき、当の孝はほとほと困り果てたという。

「ほ、ほほ、放送劇なんて、お、俺、き、聞いたことなかったから」

「そりゃそうだよな」

ふり返りながら眉を寄せた孝に、良仁は深くうなずいた。クラブ活動をしていたわけでもない自分の家に菅原が現れたときは、良仁もおおいに戸惑った。

まったく予期せぬ菅原からの要請を、孝は当然固辞するつもりでいたらしい。ところが、二つ年下の妹の邦子が、兄に体当たりする勢いでそれを阻止した。

アオの世話に明け暮れる孝は気づいていなかったが、邦子は『鐘の鳴る丘』の熱烈な愛聴者だったのだそうだ。

〽緑の丘の赤い屋根　とんがり帽子の時計台……

唖然《あぜん》とする孝の前で、邦子は『鐘の鳴る丘』の主題歌「とんがり帽子」を最後まで見事に歌い切り、それから懸命な表情で懇願してきた。

この先、アオの面倒は自分が責任を持って見る。だから、なんとしてでも放送劇に出演してほしい。そのためなら、なんでもする。

それでも孝が渋っていると、ついには声を荒らげた。

万一出演を断ったりしたら、一生兄とは口をきかないと。

結局孝は、邦子の脅しに屈服したようだった。

〝みんな、知ってるか？　『鐘の鳴る丘』、今、どんどん人気が出てるんだぞ〟

良仁は先日の勝の言葉を思い出す。

「とんがり帽子」の前奏がラジオから聞こえてくるだけで、表で遊んでいた小学生たちの姿が軒並み消えるという話は大げさな気がしたが、ひょっとすると本当に、邦子のような愛聴者が増えているのかもしれない。

邦子は特に、戦災孤児の紅一点〝おちびのみどり〟が大好きなのだそうだ。

今日はそのみどり役の都を紹介できると、孝は嬉《うれ》しそうだった。

「そ、それに、アオに、こ、こここ、金平糖《こんぺいとう》、やれるし」

孝はもらったばかりの紙包みを掲げる。

重労働に耐える馬は、甘いものが大好物だ。以前、孝はアオの父馬や母馬に、たびたび角砂糖を与えていたという。けれど、戦争末期に生まれたアオには、ただの一度もそんな贅沢《ぜいたく》をさせてやることができなかった。

それを聞いたとき、良仁は自分の金平糖もアオにあげようと心に決めた。恐らく、祐介や実秋もそのつもりでいるのだろう。

桜並木の緑陰は、蟬時雨《せみしぐれ》でいっぱいだ。暑さは厳しいが、時折気持ちのよい風が吹く。水辺では、オハグロトンボが真っ黒な羽を閉じたり開いたりしてふわふわと飛んでいた。

「でも、今日の菅原先生の話は、ちょっと面白かったたね」

良仁の隣を歩く祐介が、肩にかけていた鞄《かばん》から冊子を取り出した。冊子の表紙には、「あたらしい憲法のはなし」と大きな文字が書かれている。

最近、菅原教諭は放送劇の稽古の合間を縫って、授業の続きのようなことをするようになった。学校が休みに入り、時間に多少の余裕ができたこともある。また、それ以上に、良仁たちが徐々に放送劇に慣れてきたせいもあった。

最初のうちは生放送の準備で、大人たちでさえ精いっぱいな感があった。今でも菊井先生の台本はなかなかできてこない。できたらできたで、長すぎる台本を切り裂こうとする牛山《うしやま》先生と菊井先生の衝突が絶えない。音楽と音響効果がかぶってしまい、古坂《こさか》先生とナベさんがにらみ合うこともある。

それでも全員が、『鐘の鳴る丘』という放送劇に慣れてきた。本番で誰かが台詞を忘れても、とっさにそれを埋め合わせようとする機転が働くようになっていた。

特に即興がうまいのが都だ。

演習でも本番でも、孝はたびたび台詞を忘れてしまうのだが、そのたび都が上手にそれを補う。

〝ねえ、ガンちゃん、どうしたの？〟

本当に孝の手を引いて台詞をうながす都の機敏さに、良仁はたびたび舌を巻いた。相変わらず台詞は恐ろしいほどの棒読みだったが、それがかえってみどりの一途《いちず》さを際立ててもいるようだった。

「今度の憲法は、〝基本的人権〟として、自分のことを自分で決める権利を護《まも》ってくれるんだって」

冊子をぱらぱらとめくりながら、祐介が並んで歩いている良仁や実秋の顔を見る。

「皆がそれぞれの意見を出し合って、自分で自分の国のことを決めるのが〝民主主義〟ってことだものね」

実秋も心なしか興奮した様子でうなずいた。

「シュケンザイミンシュギ、ミンシュシュギ、コクサイヘイワシュギ」

前を歩く都が、習ったばかりの言葉をはきはきと繰り返す。とても意味が分かっているようには思えなかったが。

「あたらしい憲法のはなし」は、本来、中学生用に文部省が発行した教材だ。けれど、菅原教諭が丁寧に解説してくれたこともあり、良仁にもようやく〝新しい時代〟がどんなものなのか、おぼろげながらその全体像が見えてきた。

最も印象的だったのは、冊子の中に登場する挿絵だ。

主権在民主義、民主主義、国際平和主義――。先ほど都が口にした言葉の書かれた台の上にのった人たちが、山の向こうから昇ってくる「憲法」という文字が浮かんだ太陽に向かい、高々と両手をあげている。

巨大な窯《かま》には軍艦や軍用機が投げ込まれ、その中から新たに電車や船舶や消防車が走り出している。窯の左右には、輝く高層ビルと鉄塔がそびえている。

文章だけでは今一つつかみきれなかった内容が、挿絵を通して、良仁の心の中にも鮮やかな像を結んだ。

これまでの憲法は明治天皇が作ったものだが、新しい憲法は総選挙で選ばれた国民の代表が作ったものだ。つまりそれは、日本国民全体で作ったということになる。自分たちで作ったものならなおさら大事に護っていかなければならないと、菅原は強調した。

良仁たちは今はまだ子供だけれど、やがては二十歳になって、選挙にいくようになる。それまでによく勉強して、国を治めることや、憲法のことを、きちんと知っておいてほしい。やがてそれが、自分で自分の国のことを決めていくことにつながるのだと。

〝みんながなかよく、じぶんで、じぶんの国のことをやってゆくくらい、たのしいことはありません。これが民主主義というものです〟

冊子の中にも、そう書かれていた。

「自分のことを、全部自分で決められるなんて面白いよ」

珍しく、祐介が浮かれた声を出す。

「民主主義だね」

「〝新しい時代〟だもんな」

良仁も実秋も調子を合わせた。そんなことを言いながら歩いていると、いっぱしの大人になった気がした。

「あ、お馬さん！」

前方の都が声を弾ませる。

「あれが、アオ？」

都の指の先に、孝によく似た大柄な女の子と、栗毛《くりげ》の馬の姿があった。

川の浅瀬のところに、アオは相変わらず大人しく立っている。だが、よく見ると、どうも様子がおかしかった。アオをかばうようにして、女の子がタオルを持った手を大きくふり回している。

「く、邦子！」

孝が顔色を変えて駆け出した。

「ア、アア、アブが出たんだ」

この暑さでアブが大発生したらしい。良仁たちも慌てて孝の後を追った。

近くまできて、全員が大きく眼《め》を見張る。アオの体のあちこちに、大きなアブが食い込むようにたかっていた。

「く、邦子、ア、アア、アブは払っちゃだめだ、よ、余計向かってくる。も、ももも、木酢液《もくさくえき》は、ちゃ、ちゃんと持ってきたか」

「兄ちゃん、そこに……！」

向かってくるアブに悪戦苦闘しながら、邦子が土手に置かれたポリタンクを指さした。

「よ、よし！」

ポリタンクを手に、孝がバシャバシャと川の中へ入っていく。邦子とアオに充分近づいてから、孝はポリタンクの蓋をあけて真っ黒な液体をまき散らした。

むせるような焦げ臭さが周囲に広がり、旋回していたアブが逃げ出す。強烈な臭いをものともせず、孝は黒い液体を、アオの体に食い込んでいるアブに直接かけた。アブがぽろぽろとアオの体から離れて飛んでいく。

ようやくアブがいなくなると、孝は肩で息をついた。

「も、もう、だ、大丈夫だ」

ポリタンクをぶらさげ、孝が良仁たちに手招きする。恐る恐る水に入れば、周囲にはまだ木酢液の強烈な臭いが漂っていた。

「さ、ささ、刺されなかったか？」

孝が気遣うと、邦子はかろうじて頷いた。

「アオ、痛くないの？」

都が眉を寄せて、アオの腹を指さす。アブに食われたあちこちから、薄く血がにじんでいた。

「し、辛抱したな、アオ」

孝がかがみ込み、アブに刺された跡にも木酢液を塗ってやる。

「え、えらかったな。よ、よく暴れなかったな」

孝はアオの耳元で、何度もそうささやいた。両方の耳をぴんと立て、アオは本当に孝の言葉を聞いているようだった。

「く、邦子、今度アブが出たら、は、払わないで、すぐに木酢液をまけ。そ、それから、アブは耳に寄ってくるから、夏の間はアオに耳袋をかぶせてな」

邦子は真剣な表情で、兄の指示を聞いている。

「あ、洗い終わったら、仕上げに木酢液をかけてやると、ア、アブもしばらく寄りつかないから」

こうしていると、孝は本当に自分たちと同い年とは思えない。立派な馬方《うまかた》の小父さんだ。

「アオにさわってもいい？」

都の申し出に、孝は鷹揚《おうよう》にうなずく。

「う、後ろに立つと、こ、怖がるから、ま、前から鼻んとこ、な、なでてやってな」

孝に従い、都はアオの前に回った。都が背伸びをしながら手を差しだすと、アオが大人しく頭《こうべ》を垂れる。都はその鼻面に、そっとてのひらを押しあてた。

「あったかい……」

日頃仏頂面の都の顔に、ほんのわずかに笑みがのぼる。

「く、邦子、ほ、ほほ、放送劇の仲間だよ」

落ち着いたところで、孝が妹に向かって、良仁たちを紹介し始めた。

修吉《しゅうきち》役の祐介、昌夫《まさお》役の実秋、隆太役の良仁――。邦子は興奮した面持ちで良仁たちを見ていたが、アオをなでている都の姿に一層瞳を輝かした。

「もしかして、みどりちゃん？」

邦子に役名で呼ばれるなり、都がくるりとふり返る。

「うん、あたい、みどりだよ」

なんと、都はここでも即興を披露した。

「本物のみどりちゃんだぁっ！」

邦子がわあっと歓声をあげる。

「みどりちゃんに会えて、嬉しいっ」

「あたいも、今日、邦子ちゃんとアオに会えて嬉しいよ」

あまりに堂々とした即興ぶりに、実秋までが眼を皿のようにした。それから先も、都はごく自然にみどりとしてふる舞い、邦子をおおいに感激させた。

〽緑の丘の赤い屋根　とんがり帽子の時計台
　鐘が鳴ります　キンコンカン……

いつしか二人は手をつないで、『鐘の鳴る丘』の主題歌「とんがり帽子」を歌い始めた。邦子は「花かご会」のメンバーにも引けを取らない歌い手だったが、都は歌っていても一本調子の棒読みだ。

しかも、本当は邦子より一つ年上のくせに、あくまで〝おちびのみどり〟で通すあたりは、いっそずうずうしいくらいだった。

「き、今日は、ア、アオに土産を持ってきたんだ」

孝が腰に下げていた紙包みを手に取る。包みの中の金平糖を、孝は惜しげもなく全部てのひらの上に並べた。大粒の真っ白な金平糖が、盛夏の日差しを受けてきらきらと輝く。

アオは大きな黒い眼でじっとそれを見つめていたが、やがて歯を出さずにそっと舐《な》めとった。

瞬間、痩せた馬体に微《かす》かな震えが走る。

良仁はハッとした。

アオの漆黒の瞳にふつふつと泡が昇りつめる。きらめく泡がいっぱいにたたえられ、唐突に眼の縁からあふれ出た。

アオが涙を流していた。

孝をはじめ、良仁も、祐介も、誰も声を出すことができなかった。

一番初めに動いたのは都だった。

「アオ、あたいのもあげるよ」

まだみどり役が抜けないまま、都は自分の金平糖をてのひらの上に並べた。長い舌で舐めとったアオは、あっという間に咀嚼《そしゃく》しながらやっぱりぽろぽろと涙を流した。

良仁たちも、自然と都の後に続いた。

「アオは生まれて初めて、こんなに甘いものを食べたんだよね」

アオの額をなでながら、祐介がつぶやくように言う。

「ア、アオが生まれた頃には、さ、砂糖の配給なんて、と、とと、とっくになくなってたから」

「それできっと驚いて、涙腺《るいせん》につながる神経が刺激されたんだよ」

医者の息子の祐介らしい解釈だったが、良仁にはそれだけだとは思えなかった。

アオはきっと、自分たちと同様に、金平糖が嬉しかったのだ。

アオは馬だけれど、生き物だから、心がある。良仁の脳裏に、列車に乗せられていった大勢の馬たちの姿が浮かんだ。アオの父馬と母馬も、そうやって南洋に送られたのだ。

徴発された馬たちは、その後一頭も戻ってこなかった。

祐介が演じる修吉や、自分が演じる隆太のような役柄の戦災孤児とは違う。

アオこそが本物の孤児だ。

「アオ……」

ささやけば、くるりと片耳が回る。

大きな黒い瞳はいつものように潤んでいたが、アオはもう泣いていなかった。


「だめ、だめっ！　もう一回最初から」

重子《しげこ》の容赦のない声が飛ぶ。

週明けからはじまった新しい台本の予行演習は、三日目になっても散々だった。

台本を手に、良仁と勝はにらみ合う。

何度やっても息が合わない。互いの台詞がぶつかってしまったり、変な間があいてしまったり。そうかと思えば二人そろって台詞に詰まる。台詞に詰まって許されるのは、ガンちゃん役の孝だけだ。

「〝りゅ……隆太兄《あん》ちゃん、い、いこ、いこ、いこうよ〟」

ますます舌が絡まった挙句、勝はついに癇癪《かんしゃく》を起こした。

「ああ、もう、やりづらい！　大体、なんでこんなのが俺の兄ちゃん役なんだよっ」

いきなり指をさされ、良仁もいらだつ。

「お前が簡単な台詞を読めないだけじゃないか」

第一、〝こんなの〟とは何事だ。

「なんだと、この野郎！　お前んちのたくあんはもう買ってやんないぞ」

勝が負けじと坊ちゃん刈りの頭をふりたてる。

「うるせえ、この野郎！　たくあんを買ってるのはお前じゃなくて、お前の父ちゃんじゃないか」

「やんのか、こいつ」

「やってやるぞ、こいつ」

「いい加減にしなさいっ！」

台本をそっちのけに怒鳴り合う二人の頭を、重子が同時に平手ではたいた。

「ちょっと休憩にします。その間に、良仁君も勝君も少しは頭を冷やしなさい」

そう言い放ち、重子は台本を卓子に置いてすたすたとスタジオを出ていった。

「鬼ばば……」

勝が口の中でつぶやきながら、休憩用の長椅子に向かう。先客に世津子がいるのを見ると、良仁は自分もスタジオの外に出ることにした。若旦那気取りの勝と、お嬢さま気取りの世津子と顔を突き合わせているくらいなら、ＧＩがうろつく廊下にいるほうがまだましだ。

重い鉄扉に手をかけ、ちらりとふり返る。マイクの前では、実秋と将太が菅原教諭の指導を受けていた。実秋は真剣に取り組んでいるが、将太は相変わらず上の空だ。将太が毎回欠かさず東京放送会館に通ってくるのは、明らかに芝居の演習のためではなかった。

次に菅原の指導を待つ孝と都は、今はナベさんと一緒にお椀《わん》で蹄《ひづめ》の音を出して遊んでいる。

「お兄ちゃん、音がリアルだねぇ。将来はこっちの世界にくるかい？」

孝の馬の駆け足の再現ぶりに、ナベさんが相好を崩した。

「そ、それはできません。お、俺は、父ちゃんの後を継いで、う、馬方になるから」

ナベさんの言葉を真に受け、孝が律義に答えている。

「そうかい、お兄ちゃんは馬の専門家か。道理で蹄の音が本格的なわけだ」

それじゃあ、と、ナベさんは隣でお椀をかぽかぽ言わせている都を見やった。

「お嬢ちゃんが、ラジオの世界にくるかい？」

「あたいも無理だよ。お父ちゃんのお豆腐屋を手伝うから」

みどりの口調で、都はすげなく首を横にふる。

二人から袖にされたナベさんは、やれやれと肩をすくめた。

「そうなると、こっちの世界に進んでくれそうなのは、あのお兄ちゃんくらいだな」

ナベさんの視線の先に、熱心に台詞を読む実秋の姿があった。実秋の台本は、いつも書き込みで真っ黒になっている。そんな実秋を、ナベさんは眼を細めて眺めていた。

新しい台本が上がったせいか、菊井先生の姿は見えない。牛山先生が、訂正のわら半紙を持って走り込んでこないことを祈るばかりだ。

扉を後ろ手にしめて、良仁は小さく息をついた。

週明けから、祐介が練習にこなくなった。なにやら、家の用が忙しいらしい。元々祐介は優秀なので、直前の合同演習に間に合えば、今は自宅練習だけで問題がないと判断されたようだ。良仁たちも生放送に慣れてきたので、この先は毎日スタジオで演習することはなくなるのかもしれない。

この日の良仁と勝のかけ合いは、今もって最悪だったが。

ゆうちゃんがいないと、調子が出ないよ――。

廊下の長椅子に腰かけ、良仁は項垂《うなだ》れる。

元々親友の祐介と一緒にラジオ放送劇に出ることが、当初からの良仁の目標だったのに。

「なに、しょぼくれてるのよ」

突然、ぽんと肩をたたかれた。

重子が腰に手を当ててこちらを見下ろしている。

「ちょっと、強く言い過ぎたかしら」

明るい笑みを浮かべ、重子が隣に腰を下ろした。良仁はどきりと鼓動を速まらせる。

貴美子《きみこ》と並んでこの長椅子に座り、沈鬱に顔をうつむけていた重子の様子を思い出したからだ。

「あれくらいで、自信喪失しないでよ」

だが、かたわらの重子はなんの屈託もなさそうに、右頰《ほお》にえくぼを浮かばせている。

「そんなんじゃないし……」

良仁は口の中でつぶやいた。

「なに？　聞こえないわよ。もっと滑舌《かつぜつ》をはっきりさせなさいよ」

無遠慮に背中をたたかれ、むっとする。日常会話にまで、滑舌を求められてたまるものか。

不機嫌を隠し切れない良仁の隣で、重子は思い切り背伸びをした。いつもの快活な姿からは、先日の苦しげな横顔は想像もつかない。

〝私は今でも運命を許せなくなるの――〟

あの日の暗い声が耳の奥で響き、良仁は秘《ひそ》かに息を詰めた。

「でもね、あなたたち、皆すごいなって、本当は感心してるの」

良仁の緊張に気づかず、重子がしみじみとつぶやく。

「え？」

「だって、そうじゃない。皆、本格的な演技の経験があったわけじゃないでしょう？」

少し真面目な表情で、重子がのぞき込んできた。

「一番初めに牛山先生や菅原先生から、子供たちを主役にした放送劇の構想を聞いたとき、本当にできるのかなって、半信半疑だったの。でも、あなたたちは見事にやってのけた」

見事――かどうかは、知らないけれど。

「最初はね、大人の俳優が子供の声色を使って出演するっていう案もあったんだって。でも菊井先生が、どうしても本物の子供たちに演じてほしいって言って、聞かなかったそうよ。菊井先生の判断は、大正解だったわね。もしも修吉や隆太を私やキミちゃんが演じてたら、今とはまったく違うドラマになっていたと思うもの。正直、一緒に演技をしてると、かなわないなって感じることもあるのよ」

あまりに率直な物言いに、良仁は少々戸惑った。〝先生〟と呼ばれる人が、良仁たち子供にこんなことを言うのは珍しい。

「それに菊井先生って、本当に人をよく見ていると思うわ。今回の配役も、つくづくうまくできてる。たった一回の本読みで、ここまで見極めてしまうなんて、さすがは稀代《きたい》の人気作家ね」

重子は両手の指を組んで、その上に顎《あご》をのせた。

「祐介君と将太君はそろってそつがないから、二人のシーンだとどんどん物語が進むし、安心して聞いていられる。まさにぴったりの二人組。演技のうまさで言えば、実秋君がぴかいち。役への理解が深いし、感受性も豊か。でもだからこそ、相手役によって引き出されかたが全然違う。その相手が良仁君というのも最適だわ」

「俺？」

「そうよ」

なんでもないように重子がうなずく。

「本番の演技で一番驚かされるのは、いつも良仁君だもの」

眼を見て告げられて、良仁は面食らった。

「やっぱり、自覚はないのね」

つぶやくように言ってから、重子はにっこり笑う。右の頰のえくぼがぺこっとへこむ。

「勝君だって、〝兄《あん》ちゃん〟役が良仁君で、本当は随分助かってるはずよ」

それはまったく微塵《みじん》も信じられない。

「あら、本当よ」

良仁の表情を読んで、重子は指の上の顎を傾けた。

「今回の劇の中で、多分一番無理をしているのが勝君だと思うの。相手役が祐介君や将太君だったらどんどん置いていかれてしまうし、実秋君だったら、実秋君自身のよさも消えてしまう。でも、良仁君なら、ちゃんと勝君を待っていてあげられるでしょう」

はて？

良仁は、内心首をひねる。

この日、二人そろって台詞をつっかえまくったのは、別に「勝を待ってやる」などという高尚な考えがあってのことではなかったのだが。

「なに、また、変な顔してるの」

重子が豪快に笑いながら、平手で良仁の後頭部をはたいた。

「分からないなら、分からないでいいわよ」

鬼ばばめ……。

重子は朗らかに笑っているが、こうもぽんぽんたたかれたのではたまったものではない。

でも――。

重子の率直さは、時折胸に響く。「外郎《ういろう》売り」の説明をしてくれたときも、子供相手に懇切丁寧に説明をしようとする大人が初めて現れた気がした。

だからこそ、「運命を許せない」と苦しげに声を震わせていた姿が脳裏を離れない。

良仁は、そっとかたわらの重子をうかがった。

髪をひっつめにした化粧けのない顔はいつもと変わらない。同じ女優でも、おしゃれな貴美子とは雲泥の差だ。だが、色白の頰は透けるようにきめが細かく、黒い瞳は生き生きと輝いている。

それに。白いブラウスに包まれた胸が案外豊かなことに、心拍数が一気にあがった。

柔らかそうな胸元からは、なんだかいい匂いまでする。

今まで感じたことのない動悸《どうき》に耐え切れず、良仁は勢いよく長椅子から立ち上がった。

その瞬間、全身が硬直する。

「どうしたの」

釣られて視線を上げた重子からも、息をのむ気配がした。

廊下の向こうから、軍靴の音を響かせてヒギンス少佐がやってくる。良仁も重子も身じろぎもせず、その姿を見つめた。ＧＩには慣れてきた良仁も、たくさんの勲章を胸につけたヒギンスを間近にすると、いまだに緊張で微かに脚が震える。

眼の前にやってきたヒギンスは、その手に大きな籠を持っていた。

「休憩中ですか」

流暢《りゅうちょう》な日本語で声をかけられ、重子がはじかれたように長椅子から立ち上がる。

「いえ、もう、スタジオに戻るところです」

良仁の肩を押してスタジオに入ろうとする重子を、ヒギンスが押しとどめた。

「いや、むしろ、休憩にしていただいたほうがいい」

ヒギンスは籠を掲げると、自ら鉄扉を引きあけた。

突如現れた米軍将校の姿に、スタジオ内がしんとする。菊井と牛山がいない今、実秋や勝や世津子は、心細げに菅原を見ていた。将太はあらぬほうを向き、孝と都はさりげなくナベさんの背後に隠れる。

「皆さん、お疲れ様です」

スタジオに流れる重い空気をものともせず、ヒギンスが朗々とした声をあげた。流暢すぎる日本語と冷徹な青い瞳が、どうしても違和感を覚えさせる。

「今日は特別な差し入れを持ってきました」

しかし、長テーブルの上でヒギンスが籠をあけた途端、スタジオ内の雰囲気が大きく変わった。全員の眼が、そこに現れたあまりに美しいお菓子に釘《くぎ》づけになる。世津子にいたっては、「きゃあ」と小さく歓喜の悲鳴をあげた。

いつものクッキーやチョコレートとはまったく違う。

分厚いビスケットの上に真っ白なクリームが山と盛られ、その上に、大粒の苺《いちご》がきらきらと輝いていた。

「私の妻が作った、ショートケイクです」

ショートケイク――。初めての響きに、良仁はごくりと生唾をのみ込む。

ビスケットの黄色、クリームの白、苺の赤と色合いも美しく、バターのいい香りがスタジオいっぱいに広がった。

「さあ、皆さん。どうぞ、召し上がってください」

ヒギンスが手を差し伸べる。自《おの》ずと良仁たちは、菅原の顔を見た。

ほんの一瞬菅原は唇を嚙《か》んだようだったが、すぐにヒギンスに向かって深々と頭を下げた。

「少佐、いつも子供たちへのお心遣いをありがとうございます」

そして頭を上げると、今度は良仁たちを見回した。

「それでは皆さん、いただきましょう」

菅原の言葉が終わるや否や、次々に籠に手が伸びる。勝や孝は、すぐさまそれを口に入れた。

「うわっ、うめえ！」

勝が感極まった声をあげる。

「こ、ここ、こんなの、く、邦子にも食べさせてやりたい……」

大人たちの前では無口な孝も眼を細めた。

良仁もこらえきれずにかじりついた。甘酸っぱい苺と、クリームと、ビスケットが舌の上で溶け合い、脳髄がしびれる。あまりの衝撃に、良仁は唸《うな》りそうになった。

こんなに美味《おい》しいものを食べたのは、生まれて初めてだ。

実秋も都も、夢中で食べている。世津子は一口食べるたびに、うっとりと溜《た》め息《いき》を漏らしている。

ショートケイク。それは、良仁たちが初めて口にした、本格的な洋菓子だった。

籠の中には、ショートケイクが二つ残されていた。

一つは欠席している祐介の分、そしてもう一つは――。

良仁はハッとして将太を見た。こんなに美味しいものにまで、将太は背を向けるつもりでいるのだろうか。

「どうしました?」

一人だけ籠に近づこうとしない将太に気づき、ヒギンスが声をかける。

「あなたの分ですよ。遠慮はいりません」

ヒギンスの言葉に、将太がキッと前を向いた。その刹那、良仁は咀嚼を忘れる。

二人の間に、見えない線がぴんと張られた気がした。

「将太、お前がいらないなら俺が……」

勝がそう口にしかけた途端、将太がまっすぐに籠に向かった。手を伸ばし、ショートケイクをわしづかみにする。

将太がそれをヒギンスに投げつけるのではないかと、良仁は息を詰めた。

事実、将太の手は最初そのように動いた。だが、途中で勢いを失って項垂れた。

次に顔を上げた瞬間、将太は手にしていたショートケイクを口の中に押し込んだ。むさぼるように咀嚼し、ものすごい勢いで食べつくしていく。

将太――?

良仁は眼を見張った。

ショートケイクを口いっぱいに頰張《ほおば》りながら、将太が突然、ぼろぼろと涙をこぼしたのだ。

垢《あか》で汚れた頰を伝った涙が、ぼたぼたとスタジオの床に散っていく。

呆気《あっけ》に取られて眺めていると、なぜか実秋と眼があった。

「チキショウ!」

叫ぶなり、将太が勝を押しのけて駆け出す。

「将太君!」

同時に叫んだ重子と菅原をふり切るように、将太がスタジオを飛び出した。

「将太っ！」

良仁は思わずその後を追った。気がつくと、実秋が一緒に駆けている。眼を見かわして、二人で将太の後を追った。

小柄な体にかかわらず、将太は驚くほど足が速い。気を抜くと、見失ってしまいそうだ。廊下を全力疾走する良仁たちに、すれ違うＧＩが眼を丸くした。

あっという間に正面玄関を駆け抜け、将太は表へ出ていった。息を切らしながら、良仁たちも後に続く。途中まで重子が追ってきている気配がしたが、とてもついてこられないようだ。

構わずに、良仁と実秋は田村町《たむらちょう》の通りに出た。

かつての日比谷公園――ドーリットル・フィールド方面に向かって、小さな影が駆けていく。

良仁と実秋は懸命に加速した。

進駐軍が闊歩《かっぽ》する、田村町の目抜き通りは広々として明るい。ドーリットル・フィールドから出てくるテニスラケットを抱えた金髪の婦人をなぎ倒す勢いで、良仁たちは駆けに駆けた。

やがて、遥《はる》かに遠かった背中が、手の届きそうなところまで近づいてきた。

「しょ……うた……」

息を切らしながら声をかければ、

「う、る……せえ……く、るな……」

と会話ができるまでになる。

ついに肩をつかんだときには、三人とも汗だくになっていた。

「お前ら……しつこすぎるんだよ……」

ぜいぜいと息を切らし、将太がうずくまる。良仁も実秋も、もう限界だった。心臓が、早鐘のように鳴っている。先ほど食べたショートケイクが、胃から押し戻されてしまいそうだった。こんなに必死になって走ったのは、上野の地下道で戦災孤児の群れに追われて以来だ。なんだかおかしくなってきて、誰からともなく笑い出す。

三人とも地面の上に長々と伸びて、息を切らしながら笑い合った。ひとしきり笑った後、しんとした。地面に寝転がっていると、目抜き通りを走る自動車や路面バスの地響きがじかに体に伝わってくる。

「チキショウ……」

ふいに将太が両手で顔を覆った。

「将校の連中は、他の兵隊とは違う。あいつらは、俺たちの上に平気で爆弾を降らせたやつらだ」

ぱっと手を外し、将太が起き上がる。

「なにが、ドーリットル・フィールドだ！　俺の父ちゃんを返せぇえええっ！」

公園の緑に向かい、将太が絶叫した。その目尻から、新たな涙が吹きこぼれる。

「あいつらの爆弾のせいで、父ちゃんは黒焦げになって死んだんだ。米軍将校なんて、全員ここから出ていけ！　返せ、返せ！　父ちゃんを返せーっ！」

いつも斜に構えていた将太が、初めて素顔になって叫んでいた。

東京大空襲で父を失った後、将太は懸命に母と幼い妹を支えてきたのだろう。闇市に出入りするようになったのも、残された家族を守るためだ。煙草《たばこ》を吹かす仕草も、吸い殻拾いも、客を騙《だま》す悪辣さも、生き抜くために身につけてきた業《わざ》だったに違いない。

血のような叫びを聞くうちに、いつしか良仁の眼にも涙があふれた。

「それなのに、俺はバカだ。あんな連中、利用してやればいいだけなのに……。チキショウ、チキショウ、俺はバカだ」

将太が声を震わせる。

「あんな連中が作った菓子なんて、その場で握りつぶしてやればよかったのに、俺はバカだ」

震える声が消え入りそうになった。

「どうして……あんなに美味《うま》いんだよ……」

ショートケイク。

まだ口中に残っている脳髄がしびれるような美味さに、良仁の中にも悔しさが込み上げる。

「将太君はバカじゃない！」

突如、実秋が大声をあげた。

驚いて視線を上げれば、涙で顔をぐしゃぐしゃにした実秋が拳を握り締めている。

「あんな菓子、初めて食べたから、ちょっとびっくりしただけだ。涙腺につながる神経が刺激されただけだ」

アオが涙を流したときの祐介の解釈を、実秋は繰り返した。

「そうだ、そうだ、アオと同じだ！」

良仁も起き上がって加勢する。

「アオって誰だ」

将太が不思議そうに眉を寄せた。

「孝んとこの荷役の馬だ」

「ああ……」

たくあんを詰めた樽《たる》をぎっしりとのせた荷台を引き、辛抱強く峰玉《みねたま》通りを歩くアオの姿は、将太も見かけたことがあるようだった。

そのアオが生まれて初めて金平糖を食べて涙を流したことを告げると、将太は思い切り顔をしかめた。

「俺は馬かよ」

「馬のほうがバカよりいいだろ」

「バカって、馬と鹿のことじゃないのかよ」

「アオはバカじゃないぞ。すごく利口だぞ」

「そうだよ。そんなこと言ったら孝君が怒るよ」

言い合っているうちに、本当におかしくなってきて良仁は噴き出した。いつの間にか、将太も実秋も笑っている。笑いながらも、目尻からはとめどなく涙があふれた。

泣き笑いしている良仁たちに眉をひそめ、ドーリットル・フィールドに向かう米国人たちが通り過ぎていく。彼らにかまわず、良仁たちは再び道路に寝転んだ。

米国人専用の公園の緑越しに見るにじんだ空に、入道雲がわいている。

じりじりと照りつける日差しの中、良仁は目蓋を閉じた。

もうすぐ三度目の、日本が戦争に負けた日がやってくる。

取材

夏休みがあけると、学校での良仁《よしひと》たちを取り巻く様子が一変した。

「なあ、なあ、『鐘の鳴る丘』の隆太《りゅうた》をやってるのがお前って本当か」

普段口をきいたこともない、違う組の生徒までが休憩時間のたびに続々とやってくる。

「お前、『小鳩会《こばとかい》』に入ってたわけじゃないだろ。どうしてラジオに出てるんだ」

「これから隆太はどうなるんだよ。『少年の家』は本当にできるのかよ」

「修吉《しゅうきち》は、いつになったら修平《しゅうへい》兄ちゃんに会えるんだ」

「女優さんとかはやっぱり綺麗《きれい》なのか」

「とんがり帽子の時計台って、一体どこにあるんだよ」

答えられるものから見当のつかないものまで、とにかく矢継ぎ早に質問された。

あまりの反響の大きさに、良仁はなんだか茫然《ぼうぜん》としてしまう。質問される内容はあずかり知らぬことのほうが圧倒的に多かったが、峰玉第二小学校《みねたまだいにしょうがっこう》に通う生徒のほとんどが、孝《たかし》の妹、邦《くに》子《こ》と同様、『鐘の鳴る丘』を愛聴していることだけは間違いがないようだ。

自分たちが夢中になって生放送をこなしている間に、『鐘の鳴る丘』は本当に、大変な人気番組になっていた。主役を演じている祐介《ゆうすけ》は、人垣にのまれて姿も見えない。

「そりゃあ、練習は大変だし、本番は緊張するわよ。でも、楽しいことだってあるのよ」

どこかから、世津子《せつこ》の気取った声が響いた。

視線をやれば、女子に囲まれた世津子が、女優よろしく質問に答えている。

「楽しいことって？」

「そうねぇ……」

世津子がもったいぶって縮らせた髪をいじった。

「例えば、厳しい練習の後には、皆で特別なお菓子をいただくの」

「特別なお菓子？」

取り巻きの女子たちが色めき立つ。

「こんがり焼けたビスケットの上に、雲みたいな生クリームがたっぷり盛ってあるの。そしてその上に、大粒の苺《いちご》がのってるの。ショートケイクって言うのよ」

「ショートケイク……！」

羨望の眼差《まなざ》しを集め、世津子は得意げに鼻を上げた。

「青い眼《め》の将校の奥様が、私たちのためだけに作って下さるの。生クリームの中にも、刻んだ苺が入っていてね。それはもう、甘酸っぱくって、夢みたいに美味《おい》しいのよ」

世津子がうっとりと眼を閉じる。取り巻きの女子たちからも深い溜《た》め息《いき》が漏れた。

「なによ、そんなの！」

突然、甲高い声が響く。

「それを言うなら、ショートケイクじゃなくて、ショートケーキでしょ。そんなの、私だって、銀座の不二家で食べたことがあるんだから」

三つ編みを揺らして言い返したのは、重子《しげこ》のしごきから脱落した「小鳩会」のメンバーだった。

〝お菓子だって、お父ちゃまにお願いすれば買ってもらえるし〟

部屋の隅でそうささやいていた姿を、良仁も覚えていた。この女子は同じ組ではなかったが、どうやらほかの級友たちと一緒に様子を見にきていたらしい。

「それに、せっちゃんの役なんて、ただの意地悪じゃない。そんなのちっとも羨ましくないわ」

痛いところを突かれて、世津子の顔が引きつる。

「それから、ショートケーキはビスケットなんかじゃないわよ。ふわふわのスポンジよ。せっちゃんが食べたのは、きっと偽物ね」

「偽物なんかじゃないわよ。将校さんの奥様が作ってくれたんだから」

「将校さんって、誰？」

「ヒ……、ヒギンス少佐」

「そんな人、知らないわ。私がお父ちゃまに連れていってもらったのは、本物のお菓子やさんよ。それじゃあ聞くけど、せっちゃんは銀座の不二家にいったことがあるの？」

きいきい言い合う女子に、良仁は辟易《へきえき》した。第一、ショートケイクはあのとき欠席していた祐介は食べていないのだ。もう少し声を小さくしてもらいたい。

こういうときこそ、世津子を嫁にしたいと考えている勝《まさる》が仲裁に入ればいいのではなかろうか。ところが勝は、ほかの組や下級生の女子たちに囲まれて、でれでれと鼻の下を伸ばしている最中だった。

あいつは女なら、誰でもいいのかよ。

良仁は顔をしかめる。

「せ、せっちゃんの役は、た、ただの意地悪じゃ、ないぞ」

ここで男気を見せようとしたのは、なんと孝だ。

おお、孝、頑張れ。世津子なんかのどこがいいのか、ちっとも分からないけどな——。

「あ、ガンちゃんだーっ！」

途端に、世津子を囲んでいた女子たちが今度は孝に群がる。始業時間の鐘が鳴っても、ほかの教室からやってきた生徒たちは自分の組に帰ろうとはしなかった。

「こら、お前ら、さっさと自分の組に帰れっ！」

担任の畑田《はただ》が現れて怒鳴り散らすにいたって、ようやく良仁たちは解放された。畑田が教壇につくのを見ながら、良仁はやれやれと息をつく。

これでは隣の組の実秋《さねあき》や将太《しょうた》や、五年生の都《みやこ》もえらい目に遭っていそうだ。都は平然と「みどり」になりきっているような気もするが。

ふと、一番大勢に囲まれていた祐介に眼をやった。

斜め前の席に座った祐介は、じっと窓の外を眺めていた。

放課後、良仁は祐介と一緒に、校舎の裏のチョボイチ山に登った。

教室に残っていると常に誰かに囲まれてしまうので、半ば逃れてきたのだった。この日は放送劇の予行演習もなく、久しぶりに二人きりになれた。

チョボイチ山からは、今日も円錐《えんすい》台の富士山がよく見えた。町のあちこちの麦畑が、黄色くなりかけている。

野菜や麦はこの辺りの畑でもよく取れるが、肝心の米の配給が相変わらず滞っているのだと、今朝方父と母が話していたことを思い出した。なんでも春先に政府が強制的に行った農地買収の後、米作が混乱しているということだった。

せっかく収穫の秋がやってくるというのに、なぜそんなことになっているのだろうと、良仁はぼんやり考えた。

ぴーっ

鋭い音が響き、我に返る。

草むらに座った祐介が草笛を吹いていた。隣に腰を下ろし、良仁もむしった葉っぱを唇に押し当てる。夏の終わりの雑草の青臭い匂いが鼻腔《びこう》に満ちた。

息を吐いて唇を震わせれば、ぴーっと澄んだ音が周囲に響く。

「なあ、ゆうちゃん」

しばし互いに草笛を鳴らした後、良仁は祐介に声をかけてみた。

『鐘の鳴る丘』、なんだかすごい人気だね」

「そうだね」

祐介が草笛から唇を放す。

「家の用はもう終わったの？」

ついでに尋ねると、祐介は「うん、まあね」と少し寂しげに笑った。アオに会いにいって以来、祐介はしばらく自宅練習を続けていたが、今はまた、スタジオに顔を出すようになった。最近では、良仁たちが東京放送会館にいくのは、音楽の古坂《こさか》先生も参加する直前の全体演習のときだけになっていた。

芝居が進み、全員が役に慣れてきたのが大きな原因だが、どうもそれだけではないようだ。あまりに芝居の稽古に時間をとられすぎていると、祐介の父が菅原《すがわら》教諭に苦情を入れたらしい。夏休みの終わりに、菅原と牛山《うしやま》がひそひそ話しているのを、良仁も聞いてしまった。

そのせいだろうか。このところ、祐介はあまり元気がない。

「大丈夫だよ」

横顔をじっと見つめていると、ふいに祐介がこちらを向いた。

「この先は、ずっと一緒に練習に出られる。俺が反乱をあきらめたからね」

「反乱?」

「よっちゃんはさ、将来、どうなりたい?」

草笛を風に飛ばし、祐介はごろりと横になる。

将来……。

正直、そんなことを深く考えたことはなかった。ふと、「父の仕事を継ぐ」と当たり前のように答えていた孝と都の姿が脳裏に浮かぶ。

「このまま、ラジオの仕事がしたいと思う？」

畳みかけられ、良仁はとっさに首を横にふった。

今回の参加を決めたのだって、親友の祐介と一緒に出演したいという思いのほうが先だった。

「俺は、ラジオは今回だけでいいや」

今の芝居が面白くないわけではないが、役者になりたいという強い願望は、良仁の中にはわかなかった。

「あ、でも、父ちゃんみたいなたくあん農家になるのは嫌だな。下肥《しもごえ》の汲《く》み取《と》りがあるから」

率直な思いを口にしたのに、祐介がぷっと噴き出す。

「なんだよ、ゆうちゃんは、やったことがないから笑えるんだよ」

毒づきつつも、ようやく祐介が声をたてて笑ったことに、良仁は内心安堵《あんど》した。それくらい、最近の祐介は暗い顔をしていることが多かった。

「それじゃ、ゆうちゃんは、ラジオの仕事を続けたいわけ？」

しかし、そう尋ね返すと、祐介はふっと口をつぐんだ。

「……無理だろうね」

しばしの沈黙の後、祐介が投げ出すように言う。

「ラジオだの芝居だのは、文弱の輩《やから》が従事するものなんだって」

「ぶんじゃくのやからがじゅうじ？」

「よっちゃんは、いいよな」

きょとんとする良仁に、祐介がつぶやく。

「俺と違って、なんだってできる」

「なに言ってるんだよ」

祐介が言わんとすることが理解できず、良仁は焦った。

「なんでもできるのは、ゆうちゃんだろ。頭だっていいし、運動だってできるし、今回の主役だってゆうちゃんじゃないか。そもそも俺は、ゆうちゃんがいなかったら、ラジオに出るなんて夢にも思ってなかったよ」

「でも、ちゃんと隆太役ができてるじゃないか」

「そりゃあ、鬼ばばにあれだけしごかれれば、誰だって……」

「違うよ」

祐介が大きく首を横にふる。

「前にも言っただろ。俺にできることで、よっちゃんにできないことはなにもないって。でも俺は、父ちゃんみたいになりたくないなんて言えやしないんだ」

「それは……」

祐介の家がこの町に一軒しかない医家で、自分の家がどこにでもある平凡な農家だからじゃないか。

そう口にしかけた言葉を、良仁はのみ込んだ。

〝……ただ、俺にも茂富《しげとみ》さんみたいな兄ちゃんがいたらなって思っただけだよ〟

以前、チョボイチ山で、祐介がそうつぶやいていたことを思い出したからだ。あのときも祐介は、どこか苦しそうな表情をしていた。

医者の一人息子という境遇は、もしかすると農家の次男坊の自分には想像できないような重圧を伴うのかもしれない。

「ゆうちゃん……」

良仁は祐介を見やった。

「〝新しい時代〟は俺の家にはこなかった」

祐介が悔しげに唇を噛《か》む。

「民主主義なんて、嘘っぱちだ」

〝自分のことを、全部自分で決められるなんて面白いよ〟

菅原から「あたらしい憲法のはなし」の冊子をもらった日、祐介は珍しく浮かれていた。

ひょっとしてあの日、新たに身につけた知識を武器に、祐介は〝反乱〟を起こそうとしたのだろうか。

その翌週から、祐介は演習にこなくなったのだ。

祐介の肩が微《かす》かに震えていることに気づき、良仁の胸がずきりと痛んだ。

「なんてね！」

すべてをはねのけるように、祐介がぱっと立ち上がる。

「将来のことなんて、どうでもいいよ。新しい時代も民主主義も、関係ない。そんなことより、俺たち、もう有名人だもんな。さっさと逃げないと」

そう言うなり、祐介は猛烈な勢いでチョボイチ山を駆け下り始めた。

「ゆうちゃん！」

良仁も慌てて立ち上がる。

「逃げるって、なにから」

祐介が後ろを指さした。

「うわ！」

ちらりとふり返り、良仁は青くなる。名前も顔も知らない男子と女子が、校舎からわらわらとこちらに向かってやってきていた。

良仁は祐介を追ってチョボイチ山の斜面を蹴り、雑木林に向かって一目散に駆け出した。

それからしばらく、良仁たちは放課後や休憩時間のたびに、『鐘の鳴る丘』を愛聴する生徒たちから追い回されたが、秋が深まるにつれてその熱狂は冷めていった。

菅原教諭ら、学校側の指導もあったのだろうが、生徒たち自身が、日頃の良仁たちを追いかけたところでたいして面白くないことに、徐々に気づいていったようだ。

良仁たちは彼らが一番聞きたがっていた結末についてはなにも知らなかったし、放送劇の中の隆太やガンちゃんは格好《かっこ》いいが、現実の良仁や孝はたびたび授業中に居眠りをして、担任から大目玉を食らう体たらくだった。

唯一、役柄との隔たりが少ない祐介だけは、同級生や下級生の女子から恋文をもらい続けていた。もっともそれは、別段、ラジオ放送劇だけが原因とは思えなかった。

学校での熱狂が収まるのとは反対に、『鐘の鳴る丘』のスタジオには、しばしば取材が入るようになった。大きなカメラを持った大人たちがどやどやと押し入ってきて、いきなりレンズを向けられる。

以前なら、それだけで台詞《せりふ》が全部飛んでしまったと、良仁は思う。

しかし、慣れとは怖いもので、「笑って、笑って」と催促してくる記者たちの要求にもいつしか応えられるようになった。少年雑誌、少女雑誌にかかわらず、いろいろな記者が入れ代わり立ち代わりやってきた。大人たちが読む雑誌や新聞の場合もあった。

彼らは、菊井《きくい》先生が指導する全体演習風景を撮影することもあれば、良仁たちをわざわざ並ばせて写真を撮ることもあった。

「修吉」「隆太」「昌夫《まさお》」「ガンちゃん」「みどり」と、それぞれ役柄の名札を胸につけて、良仁たちはスタジオの隅に並んでレンズを見つめた。何枚も何枚も写真を撮られるうちに、だんだん照れ臭くなってきて、必ず誰かが噴き出す。するとそれがおかしくて、良仁も祐介も実秋もゲラゲラと笑った。孝は少しぼんやりし、勝は格好をつけ、都は仏頂面で、将太はいつも皆から少し離れたところに立っていた。世津子は、取材が入ると聞くと、必ず着物を着てめかし込んでくる有様だった。

時折そこに、演技指導の重子《しげこ》が加わる。重子はいつもの化粧けのない顔で、世津子と都の肩を抱いて朗らかに笑っていた。

放送会館での演習の頻度が減ったせいもあるが、主役の祐介が欠席することは、夏休みが明けて以降なくなった。祐介は一見明るさを取り戻していたけれど、〝反乱〟の話は、あれ以来、結局一度もしていない。

週の半ばの水曜日、放課後の教室で台本の読み合わせを行い、土日は朝から東京放送会館に詰めて、予行演習と生放送を行う。すっかりそれが、良仁たちの日常になっていた。

『鐘の鳴る丘』の物語は、菊井先生が眼の下を真っ黒にしながら書き上げる台本が冴《さ》えわたり、ますます深みを増して面白くなっていた。良仁演じる隆太は、浮浪児《ふろうじ》であるが故に受ける偏見への怒りと、芽生え始めた良心の間で葛藤し、祐介演じる修吉は、流浪の運命に翻弄される。学校の級友たちだけではなく、兄の茂富や両親のような大人たちまで、毎回起伏のある十五分間の放送劇に夢中になっていた。

季節が巡り、チョボイチ山から見える雑木林がほとんど葉を落とし、富士山に初雪が降る頃、良仁たちに二つの大きなニュースがもたらされた。

一つは、年末に日比谷公会堂で『鐘の鳴る丘』の公開生放送が行われることが決定したこと。いつもの放送を、大勢の観客の前で披露することになるという。舞台装置も凝ったものにしてみせると、牛山先生は張り切っている。

そしてもう一つは。

公開生放送の宣伝も兼ねて、菊井とともに良仁たち出演者一同が元戦災孤児たちの暮らす少年保護団体を訪問し、そこに密着取材が入ることになったのだ。

十一月に入り、少年保護団体「明日の家」への訪問の日がやってきた。

祝日のその日は天気も良く、バスに乗った良仁たちは、ちょっとした遠足気分で車窓の外を眺めていた。窓の向こうには、刈り入れの終わった田園風景が広がっている。時折現れる民家の窓には、大量の干し柿がつるされていた。

久々の遠出に、自然と胸が躍る。

これから訪ねる「明日の家」は、調布《ちょうふ》の外れにあるということだった。少年保護団体とは、戦災孤児、引き揚げ孤児らを護《まも》るための施設だと聞いている。「明日の家」の子供たちは、親代わりの先生たちのもとで、今では手厚い保護を受けて幸せに暮らしているのだそうだ。

それはまさに、『鐘の鳴る丘』における「少年の家」に他ならないと、牛山先生は良仁たちに説明した。

加えて「明日の家」の子供たちは皆、『鐘の鳴る丘』の熱心な愛聴者で、良仁たちの慰問を心待ちにしているのだと。

〝イモンってなんですか〟

手をあげて質問した実秋の前で、牛山は胸を張った。

〝菊井先生や君たちの訪問が、その子供たちへの大きな励ましになるってことだよ〟

そんなふうに言ってもらえると、良仁もなんだか誇らしかった。

同時に、上野《ノガミ》で見た野犬の群れのような戦災孤児たちも、早く少年保護団体に保護されればいいのにと、心の片隅で考えた。

前方の席には、今回専用のバスを用意してくれた雑誌社の人たちと、菊井先生が座っている。スタジオでいつも気を張っている菊井は、窓枠にもたれてぐっすりと眠っていた。

その後ろに、菅原教諭と重子が並んで座っている。重子は、この日のために牛山たちＮＨＫの職員が用意したお土産の菓子袋を抱えていた。

重子はうつらうつらと舟をこいでいるが、菅原はじっと前を向いている。その後ろ姿を見ていると、良仁はふと、以前、兄の茂富と交わした会話を思い出した。

〝菅原先生は、その先生の代わりにうちの学校にきたんだよ〟

兄は、菅原教諭が新しくなにを始めるのかを見てみたかったと語った。

はたしてそれは、一体どういう意味だったのだろう。

良仁は考えを巡らせようとしたが、車内がうるさくて一向にうまくいかない。先ほどから、背後で勝と世津子が大声でしゃべり散らしているのだ。

「今日はお菓子のほかに、文房具のお土産があるんだってさ。それがあれば、サインを求められたときも困らないものな」

「あら、さすがに牛山先生は気が利いてるわね。今日も一緒にいらしたらよかったのに」

「だよなぁ、せっちゃん」

「私は皆さんと写真を撮るのが楽しみなの」

「いいねぇ、せっちゃん」

黙って聞いてりゃ、でれでれしやがって、勝のやつ——。

だんだん良仁はいらいらしてくる。

しかし、こういうときだけは、妙に気の合う二人組だ。勝は真新しい詰襟の学生服を身にまとい、世津子は縮らせた髪の両脇に赤いリボンを結んで気張っている。最近では学校でも注目を集められなくなったので、ここぞとばかりに有名人風を吹かせるつもりでいるのだろう。

「サインってなに？」

都が首を傾《かし》げた。

「サインは署名のことだよ。名前を書くんだ」

「なんで名前なんて書くの？」

「俺と会った記念だよ」

得意げに説明した勝を都はじっと見ていたが、やがて一言、

「いらない」

と吐き捨てたので、良仁は隣の席の祐介と顔を見合わせて笑ってしまった。常々思うのだが、自分たちの中で一番強いのは、恐らく最年少の都なのではないだろうか。都の隣では、孝がい

びきをかいて眠り込んでいた。実秋は、一人席に座って少年雑誌を読んでいる。

バスの中に、将太の姿だけがなかった。

そもそも将太が律義に東京放送会館に通ってくるのは、おおむね放送劇のためではない。慰問になど、端から協力するつもりはないのだろう。菅原教諭も心得たもので、「これで全員ですか」という雑誌社の人の言葉に、淡々とうなずいていた。

バスは良仁たちを乗せて、でこぼこ道をガタピシと走っていく。こころなしか、車窓の向こうの富士山が、いつもよりも大きく見えた。

「よっちゃん、あれなんだろう」

ふいに祐介が窓の外を指さした。

「なにかの基地かな」

田園の中に、白い布のようなものを張った細長いテントがいくつも並んでいる。

「本当だ。なんだろう」

それは、良仁も初めて眼にするものだった。人の家にしては天井が低すぎるし、動物のものにしては数が多すぎる。

「ああ、あれはね……」

良仁たちの会話に気づき、前の席の菅原がふり返った。

「進駐軍のプラスチックハウスだよ」

プラスチックハウス——？

初めて聞く言葉だった。

「ここは元陸軍の飛行場があった場所だ。今は進駐軍が接収して、水耕栽培を行っているんだよ」

言われてみれば、辺りは滑走路のようだ。いつの間にか、走っている道路も舗装されたものに代わり、周囲にはジープの姿がちらほらと見える。

「水耕栽培ってなんですか」

祐介の問いに、菅原は「うーん」と少し眉を寄せた。

「先生も農業の専門家じゃないからあまり詳しいことは分からないが、土を使わずに、水と液体肥料だけで野菜を育てるアメリカ式の農法らしい」

「土を使わない？」

良仁の声がひっくり返る。「野菜は土だ」という父の口癖を、耳にたこができるほど聞かされていたからだ。

「アメリカ人は、毎日サラダで生野菜を大量に食べる習慣があるからね。下肥を使う日本の野菜を非衛生的だと考えているらしい。それで、土地のある場所にプラスチックハウスを作って、水耕栽培をしてるんだ」

「それじゃ、将来は日本でも農業は水耕栽培に変わるんですか」

「その可能性はおおいにあるかもしれないね。プラスチックハウスを使う水耕栽培は、天候の不順にも左右されないし、安定して食物を供給することができるから」

菅原と祐介のやり取りを聞きながら、ならば、なぜ自分たちばかりが、いつまでも食糧不足の憂き目に遭わなければならないのかと、良仁はどこまでも続くプラスチックハウスの列を眺めた。

九月にやってきたカスリーンとかいう大型台風のおかげで、良仁の家の畑の作物は軒並みだめになったのだ。

「だったらさ」

祐介が良仁の耳元でささやく。

「これからの農業は、下肥の汲み取りなんてしなくてすむかもしれないよ」

それは——。名案かもしれないが。

どの道、今のところ水耕栽培の野菜を食べられるのは、日本で暮らすアメリカ人だけなのだろう。プラスチックハウスも、ドーリットル・フィールドと同じことだ。

プラスチックハウスが並ぶ飛行場を過ぎると、目的の少年保護団体はすぐだった。

到着した「明日の家」は、良仁たちが通う峰玉第二小学校の校舎を小さくしたような、二階建ての建物だった。広い庭には、錆《さ》びついたブランコと、コンクリートのすべり台がある。

良仁たちは、大人たちに続いてバスを降りた。お菓子を入れた大きな袋は菅原と重子が持ち、小分けにした文房具の袋は、良仁たちが分担して持つことになった。

雑誌社の人たちは、早くも大きなカメラを掲げて写真を撮り始めている。

「あ、君、自然にしていてくれればいいから」

勝がカメラのレンズの前にしゃしゃり出ようとして、記者からやんわりと注意を受けた。レンズはさりげなく、菊井先生と主役の祐介の姿を追っている。

たまたま祐介の隣にいた都がレンズに気づき、人差し指で自分の鼻の穴を上に向けて「豚鼻」を作り、「そういうのもやめようね」とカメラマンを苦笑させた。

孤児たちへのお土産を手に、良仁たちは広い庭を突っ切って、校舎によく似た建物へ向かった。

玄関を入ると、昇降口に先生らしい小父《おじ》さんと小母《おば》さんが立っていた。どちらも良仁の両親より、少し年上のように見える。

「よくいらしてくれました」

大きな前掛けをした小母さんが、穏やかな笑みを浮かべた。小父さんは、菊井や雑誌社の人たちと、あいさつを交わしている。二人とも、とても優しそうな人たちだ。この保護団体の孤児たちは、確かに幸せなのかもしれない。

「明日の家」の建物の中は、やっぱり学校にそっくりだ。板張りの廊下の先に、黒板のある教室のような部屋がいくつもある。

小父さんの案内でそのうちの一室に通されたとき、良仁たちは感激を覚えた。

〝ようこそ、『鐘の鳴る丘』の皆さん〟

黒板いっぱいに白墨で歓迎の言葉が書かれていたのだ。

一段高くなった壇の前に長机が置かれ、その向こうに椅子が並べられている。良仁たちは黒板を背に、壇の上に並ぶようにと伝えられた。

「ほらほら、やっぱりサインが必要だよ」

胸に役柄の名札をつけながら、勝が得意げに周囲を見回す。世津子は手鏡をのぞき込み、前髪をいじり始めた。

良仁も祐介も実秋も、それぞれの役名をピンで胸にとめる。孝と都は互いの名札をつけ合っていた。

やがて、小母さんに引率されて、「明日の家」の子供たちがやってきた。小学一年生くらいの小さな子から、中学生と思われる背の高い制服姿まで、二十名ほどの少年少女が、長机を挟んで向こうの席に着く。

全員からじっと見つめられ、良仁はにわかに緊張を覚えた。

教壇の上に立つ先生というのは、毎日こんな風景を眺めているのだろうか。教壇から自分たちを見下ろしてあれこれ指図する担任の畑田のことを、日頃偉そうなやつだと思っていたが、大勢から見上げられるというのも結構な圧があった。

「皆さん。今日は、ラジオ放送劇『鐘の鳴る丘』の作家の先生と、出演者の皆さんが遊びにきてくれましたよ」

小母さんの紹介に、一斉に拍手が沸き起こる。祐介や実秋がお辞儀をしたので、慌てて良仁もそれに倣《なら》った。

「今日は、皆さんにお土産を持ってきました」

重子がにこやかに笑い、菅原と一緒に長机の上にお菓子の入った包みを並べる。良仁たちも持ってきた文房具の袋を用意した。

小母さんの指示に従い、「明日の家」の子供たちが長机の前にきちんと列を作る。重子と菅原はお菓子を、良仁たちは文房具を一人一人に手渡した。

「ありがとうございます」

袋を手にした子供たちは、全員丁寧に頭を下げる。その様子を、雑誌社のカメラマンが何枚も写真に撮っていた。礼儀正しい謝礼の声と、カシャカシャというシャッター音がしばし部屋の中に響き渡る。

「ありがとう」

良仁が最後に文房具を手渡したのは、同い年くらいの男子だった。ほとんどの子がお土産をもらうとさっさと席に戻るのに、この男子はじっと良仁の顔をのぞき込んだ。

「中になにが入ってるのかな。僕は万年筆が欲しいんだけど」

小声で話しかけられ、良仁は焦る。

「ご、ごめん。中身は知らないんだ」

「だろうね」

男子は微かに笑い、良仁の眼の前で袋をあけ始めた。

「残念、鉛筆だよ」

男子がトンボの印のついた鉛筆を一本取り出してみせる。

「ごめん……」

なんだか申し訳なくなって、良仁は頭を垂れた。

「謝る必要なんてないよ。別に、君が買ってきたわけじゃないだろう。それに、万年筆は高級品だから、お土産なんかに入ってるはずもないよね」

にっこり笑い、男子は席に戻っていった。良仁は思わず息を吐く。

怜悧《れいり》な眼差しで見つめられて、汗が出た。

「明日の家」の子供たちは、誰もかれもが押《お》し並《な》べて大人びていた。もし、良仁の組でお菓子や文房具が配られたら、こんなふうに整然とふる舞えるとは思えない。列に割り込んだり、奪い合ったり、大騒ぎになることが眼に見えている。けれど、ここの子供たちは、一年生くらいの幼い子まで含め、全員がきちんと規律を守っていた。

お土産を手に席に着いた彼らを、良仁はそっと見まわした。全員、紙袋を膝の上に置いて、こちらをまっすぐに見ている。誰もすぐにお菓子を食べ始めたりしない。その行儀のよさにも驚かされた。

ただ、ここにいる子供たち全員が孤児なのだと思うと、やはり複雑な気分になる。

「先生、一言ごあいさつをいただけますか」

小父さんにうながされ、菊井が壇の真ん中に立った。

「皆さん、こんにちは」

菊井が話し始めると、小父さんと小母さんも子供たちにまじって椅子に腰をかけた。

「皆さんは、それぞれの事情でここへやってきたのだと思います。それについては、いろいろなことを言う人がいるでしょう。でも私は、皆さんを、決して不幸な子供だとは思いません」

菊井は眼鏡《めがね》の奥の小さな眼を瞬《しばた》かせる。

「親を早くに失うことは、ある意味では幸福なのです」

その言葉に、室内の空気がぴりっと震えた。

「実は、私も孤児です。ただし私の場合は、両親に死なれたわけではない。私は生まれてすぐに親に捨てられたのです。でも、親がいないことに於《お》いては、皆さんと同じです」

菊井は独り言のように続ける。

「人間はどのみち死ぬ。年寄りのほうが先に死ぬんだから、どれだけ長生きしても、親は結局子供より先に死ぬ。親が長く生きていれば、どうしたって頼りたくなるから、子供はなかなか成長ができない。そして、親が死んだときに初めて困るんだ。だけど親が早くに死ねば、自《おの》ずと子供には独立の気持ちが芽生える。早くから独り立ちの訓練ができる」

言葉を区切り、菊井は「明日の家」の子供たちの顔を見回した。

「だって皆さん、そうでしょう。一度親を失ってしまえば、もうこれ以上失うことはない。皆さんはすでに、一番悲しいことを乗り越えてここにきているんです。私は生まれて四か月で本当の親に捨てられ、よその家にもらわれた。けれど、そこでも七つのときに父が死に、十一のときに母と別れ、小僧になった。そのときにしっかりと独立の稽古をしたので、今は少しも困ることはありません」

眼の下に隈《くま》を浮かせ、菊井は訴えるように告げる。

「だから、皆さんも、どうかしょげることなく、しっかりとやってください」

あいさつが終わっても、部屋の中は静まり返っていた。

視線をさまよわせ、良仁は微かに息をのむ。一年生くらいの小さな女の子と男の子が、小母さんと小父さんに、かじりつくようにしがみついていた。

どんなに大人びて見えても、彼らはやはり幼いのだと、良仁は胸を衝《つ》かれた。

しんとした部屋の中に、突如拍手の音が響く。

「万年筆が欲しい」と言っていた男子が、一人で手をたたいていた。やがて、彼に倣うように拍手の音が広がっていく。

いつの間にか、小父さんと小母さんにしがみついていた幼い子たちも拍手に加わっていた。

「では皆さん、一緒に『とんがり帽子』を歌いましょうね」

それからは重子と菅原を中心に、歌ったり、ゲームをしたりして時間を過ごした。

「明日の家」の子供たちは、歌もゲームも、良仁たちよりうまかった。だが途中で、良仁はあることに気がついた。

彼らはほとんど笑わない。

上野《ノガミ》を駆け回っていた戦災孤児が野犬の群れのようなら、彼らや彼女たちは街中の猫のようだ。ふと気づくと、身を寄せ合って、こちらをじっと見ている。逃げるわけではないけれど、こちらへの距離を縮めようともしない。

異変が起きたのは、最後に集合写真を撮ることになったときだ。

〝ようこそ、『鐘の鳴る丘』の皆さん〟

歓迎の言葉が書かれた黒板を背景に、全員で壇の上に並んだ。雑誌社の人たちの指示で、良仁たちの周囲を、「明日の家」の子供たちが取り囲む形になった。

「いてっ」

カメラマンがピントや露出を合わせていると、勝が急に声をあげた。

「誰か俺を蹴った」

後ろから突然尻を蹴られたという。だが、勝の背後の子供たちは全員素知らぬ顔をしていた。

「きゃあっ」

今度は世津子が悲鳴をあげた。

「誰かが髪を引っ張ったわ」

ほどけかけたリボンを押さえ、世津子は泣きべそをかいている。それでも「明日の家」の子供たちは顔色一つ変えなかった。

結局、誰が勝を蹴ったり、世津子の髪を引っ張ったりしたのかは分からずじまいだった。

大人たちは皆、困ったような表情をしている。

ようやくカメラの準備が整ったとき、良仁たちはもう、笑顔を作る気分にはなれなかった。

小父さんと小母さんに見送られて庭に出た瞬間、良仁は肩で息をついた。初めて、ずっと気持ちが張り詰めていたことに気づいた。

これが「慰問」なのだろうか。自分たちの訪問が、「明日の家」の子供たちに励ましを与えたとはとても思えなかった。

重子も菅原も暗い顔をしている。菊井も項垂《うなだ》れて歩いていた。

良仁たちがバスに乗ろうとしていると、一人の男子がやってくるのが眼に入った。「万年筆が欲しい」と言っていた怜悧な眼差しの男子だった。

「菊井先生、ごめんなさい」

彼は菊井の前に立つと、いきなり頭を下げた。

「僕たちは、『鐘の鳴る丘』を聞いていません」

全員が言葉を失う。雑誌社の記者は、カメラを落としそうになっていた。

「最初は聞いていました。でも途中から、聞けなくなったんです」

頭を上げ、彼は良仁たち一人一人の顔を順番に見据えた。

「あんまり真実と違うから」

ことさらゆっくりと告げられる。

「今日は小父さんと小母さんの顔を立てるために、あなたたちに協力しただけです。雑誌に載れば助成金がもらいやすくなるし、それがみんなの食費になることくらい、僕らだって心得てますからね」

その頰《ほお》に大人びた笑みが浮かんだ。

「お土産の鉛筆だって、消しゴムだって、お菓子だって貴重品だ。もらえるものをもらわなければ、僕らはままならない」

ふと口をつぐんだが、再びきっと顔を上げる。

「でも、僕は言わずにはいられない」

男子が祐介を見やった。

「〝修吉〟はいいね。復員したお兄さんに、あんなに捜してもらって。僕らの中には、兄弟のいる子だっている。でも、誰も引き取ってもらえない。親が死んだ以上、年の離れた弟や妹なんて、ただの足手まといだからね」

次に彼は良仁のほうを向いた。

「〝隆太〟はいいね。たくさんの子分がいて、修平みたいな理解者がいて。あんなに親身になってくれる人たちに囲まれている浮浪児に、新橋《しんばし》の地下道で寝泊まりしていた時代、僕は出会ったことがないよ」

彼の口元に、皮肉な笑みが浮かぶ。

「〝みどり〟だって、〝ガンちゃん〟だってそうだ。実際の浮浪児のグループでは、弱いものは守られない。〝みどり〟みたいに誰からも大切にされる子なんて、ただの一人もいやしない。女子の浮浪児は、男子以上にひどい目に遭っている。だから僕らは『鐘の鳴る丘』を聞けなくなったんだ。聞けば聞くほど、かつての自分の境遇と違いすぎて、どんどん惨めになるからね」

興奮のせいか、だんだんに声が高まった。

「劇の中で、かっぱらったり、暴力をふるったりするのは悪い浮浪児だというお説教が何度も出てくるけれど、そうしなければ生き残れるはずがないじゃないか。たまたま僕は、小父さんと小母さんに出会えてここにこられた。でもその前は、番号でしか呼ばれないような、豚小屋のようなところに入れられていたことだってあったんだ。あんな所にいるくらいなら、かっぱらいでも、カツアゲでもなんでもして、上野《ノガミ》や新橋の地下道で寝ていたほうがずっとましだ。『鐘の鳴る丘』をありがたがって聞いているのは、そんなことも知らずに親に甘えている、坊ちゃんや嬢ちゃんばっかりだ！」

顔をゆがませて、彼は叫んだ。

「なにが、浮浪児救済のドラマなものか。それが証拠に、本物の浮浪児にラジオを聞く余裕があるか。ここにいる僕らだって、あんなきれいごと、聞きたいとも思わないんだ」

大人びた仮面を脱ぎ捨てた彼は、良仁たちに指を突きつける。

「『鐘の鳴る丘』は嘘ばっかりだ。お前も、お前も、お前も！　お前たちの演技は、全部、全部、嘘っぱちだ！」

良仁のかたわらで、実秋が体を強張《こわば》らせる気配がした。祐介も勝も孝も、菅原さえも、完全に顔色を失っている。世津子と都は、重子にしがみついて泣きそうになっていた。

その場にいる誰も口をきくことができなかった。

「君、名前は？」

長い沈黙の後、菊井がぽつりと尋ねる。

「……光彦《みつひこ》」

「そうか」

うなずくと、菊井は自分のポケットからなにかを取り出した。

「光彦君、これを君にあげよう」

菊井が光彦に手渡したものに気づき、良仁はハッと眼を見張る。

それは、光彦が欲しがっていた万年筆だった。

明らかに高級品と分かる万年筆を、光彦も茫然と見つめている。

「それで、君は自分の物語を書きなさい」

そう告げると、菊井は光彦に背を向けて、バスに乗り込んだ。菅原にうながされ、良仁たちも後に続く。

帰りのバスの中は静まり返っていた。くるときはあれだけ騒いでいた勝も世津子も、蒼褪《あおざ》めて縮こまっている。

良仁はそっと菊井の様子をうかがった。

きたときのように、菊井は眠っていなかった。雑誌社の人たちと並び、背筋を伸ばし黙って前を見つめていた。

異変

「いてっ」

学校からの帰り道。祐介《ゆうすけ》と別れて家へ向かっていると、いきなり背後から小石をぶつけられた。

ふり返れば、擦り切れた綿入れを着た将太《しょうた》が、不機嫌そうな表情で立っている。

「なにするんだ、痛いだろ」

「そんなのどうでもいい。それより良仁《よしひと》、ちょっと顔かせや」

将太はくるりと踵《きびす》を返し、どんどん歩き始めた。

人に小石をぶつけておいて、その言い草はないだろう。大体、呼びとめるにしても、ほかにやり方はないものか。

「おい、ぐずぐずするな」

横柄に急《せ》き立《た》てられ、良仁は溜《た》め息《いき》をつく。仕方なく後を追った。

空き地に入るなり、将太は枯れた雑草の上に腰を下ろした。ポケットから紙巻き煙草《たばこ》を取り出し、マッチを擦る。うまそうに煙草を吸いながら、

「お前もいる？」

と声をかけてきた。

すかさず首を横にふる。うっかりうなずいて、牛糞《ぎゅうふん》入りの煙草などつかまされたら、たまったものではない。

将太はフンと鼻を鳴らし、それからおもむろに切り出した。

「一体、なにがあった」

一瞬きょとんとした良仁に、将太は焦れたように身を乗り出す。

「実秋《さねあき》の野郎だよ」

「ああ……」

「ああ、じゃねえよ。なんだって、いきなりあんなことになってんだ」

将太が煙草をふかしながら、胡坐《あぐら》の上に肘をつく。小父《おじ》さんのような仕草と小柄な体が不釣り合いで、少々滑稽《こっけい》だ。

「にやにやしてんじゃねえ！」

顔に出ていたのか、枯れ草を投げつけられた。

「呑気《のんき》に笑ってる場合かよ。あれじゃ、お前だってやりづらいだろうが」

良仁は口元を引き締める。実秋のことを考えると、確かに笑っている場合ではない。

最近、実秋がおかしくなった。

常に熱心に台本を読み込み、誰よりも早く台詞《せりふ》を覚え、あっという間に役になりきるはずの実秋が、このところずっと調子が悪い。昨日の放課後に行った台本《ほん》読みもひどいものだった。

折しもドラマは、実秋演じる昌夫《まさお》が、徐々に周囲の信頼を得始めている良仁演じる隆太《りゅうた》を陥れようとする大事な場面だ。

いつもなら、憎々しく迫ってくる実秋の台詞に、まったく力が入っていなかった。おかげで良仁も空回りしてしまい、なんとも間の抜けたやり合いになった。

〝鬼ばば〟の重子《しげこ》ですら、実秋の豹変《ひょうへん》ぶりに困惑している様子だった。

やり直せばやり直すほど、実秋の演技はどんどん精彩のないものになっていった。最後のほうでは、蚊の鳴くような声しか出ていなかった。

原因は一つしかない。

先月の「明日の家」の訪問だ。

「そんなこったろうと思ったよ」

良仁が慰問の様子を説明すると、将太はふーっと鼻の穴から煙を吐いた。真っ白な煙が、二本の線となってゆらゆらと漂う。

「言わんこっちゃねえや。本物の孤児が、お芝居の孤児をありがたがるわけねえだろうが。牛《うし》山《やま》のオヤジが〝慰問〟とか言い出した段階で、俺はくだらねえと思ってたけど」

蓮《はす》っ葉《ぱ》に言い捨て、将太は天を仰ぐ。

十一月も終わりにさしかかり、日の入りが一層早くなっていた。この日はよく晴れていたが、すでに夕闇の気配が漂い始めている。

「それにしても実秋もおセンチな野郎だな。俺たちの演じている浮浪児《ふろうじ》が所詮はお遊戯なことくらい、上野《ノガミ》にいったときに身にしみて分かっただろうに」

良仁は唇を嚙《か》んだ。

確かにそうなのかもしれないけれど、実秋がどれだけ真剣に芝居に取り組んでいたのかだって知らないわけではないのだ。実秋にとっての芝居が、決して〝お遊戯〟でなかったこともまた、現実の一つであるはずだ。

「……嘘っぱちって言われたんだ」

「ああん？」

「お前らの演技は、全部、嘘っぱちだって」

光彦《みつひこ》の罵声が頭の中で鳴り響く。

〝気持ち〟を大事にする実秋の心が、その罵声の前で折れてしまったことは想像に難くない。

「新橋《しんばし》の地下道上がりか……。そりゃ、たいそうな弾《たま》に当たったたな」

光彦のことを説明すると、将太は顔をしかめた。

「そんなのが相手じゃ、俺たちが束になってかかったところでかないっこない。〝修吉《しゅうきち》〟も〝隆太《りゅうた》〟も、ついでに俺の〝桂一《けいいち》〟も吹っ飛ばされるぜ」

事実、光彦の前では、大人たちですら臆しているように見えた。

良仁の脳裏を、野犬の群れのように駆け回っていた戦災孤児たちの姿がよぎる。

〝かわいそうな孤児〟というには、その様子は恐ろしすぎた。あの凶悪そうな一団の中に光彦がいたのかと考えると、いたたまれない気分になる。

一見、礼儀正しくふる舞っている「明日の家」の子供たち全員が、心の奥底に野犬の影と悲しみを忍ばせているのだろうか。

「それにしても、嫌がらせを受けたのが、勝《まさる》と世津子《せつこ》ってのが笑えるぜ。あいつら、ちゃらちゃら髪なんか伸ばしてるからいけないんだ」

将太がくわえ煙草でせせら笑う。

髪が伸び放題の戦災孤児たちが、白いＤＤＴの粉を吹きつけられているニュース映画は、良仁も見たことがあった。清潔な長い髪というのは、彼らにとって妬ましい対象であったのだろう。

「とにかく、相手が悪かったと思ってあきらめろとあいつに伝えろ。〝気持ち〟だかなんだか知んねえが、そんなものなくたって、いくらでも芝居はできる」

真面目くさった表情で、将太が続ける。

「大体、これからが悪役のあいつの腕の見せどころだろうが」

ぶつぶつとつぶやく様子に、将太もまた変わり始めていることを良仁は感じた。

いつも斜に構え、壁の向こうから自分たちを見下すように眺めていた将太。その将太が、最近、壁を乗り越えてこちらに近づいてくるようになった。

今日だって、将太は良仁を待ち伏せしていたのだろう。

将太が暮らす長屋はここからは遠い。きっと実秋のことが気になって、わざわざ遠回りをして良仁がくるのを待っていたのだ。

もしかしたらその変化は、将太が初めて自分たちの前で涙を流した日から始まったのかもしれない。三人で田村町《たむらちょう》の道路に寝そべったときの、ざらざらとした感触がよみがえる。

〝将太君はバカじゃない!〟

大きく叫んだ実秋の声が耳の奥底で響いた。

あのときは、実秋も涙で顔をぐしゃぐしゃにしていた。

「いやだね」

良仁はきっぱりと言い放つ。

「ああ？」

虚を衝《つ》かれたように、将太がこちらを見た。常に上から目線の将太が本気でびっくりしているのがなんだかおかしく感じられる。

「そんなの自分で実秋に伝えればいいじゃないか。俺はお前の伝書鳩《でんしょばと》じゃないんだぞ。それともなに？　恥ずかしいとか」

「そんなわけあるか！　俺は単に、あいつのおかげで練習時間が延びるのが嫌なだけだ。それに、あいつの相手役はお前だろうが」

「でも、やっぱり将太から言えよ。そのほうが、実秋だって安心するだろうし」

「なんでだよ。俺なんて、関係ねえだろ」

「そんなことない」

良仁は正面から将太を見た。

「実秋は、将太の演技を認めてる。初めてお前の『外郎《ういろう》売り』を聞いたときから、ずっと。将太のことを、一番の好敵手だと思ってる」

将太がぽかんと口をあける。

やがて、見る見るうちに耳の先まで真っ赤になった。

「うるせえ、バカッ！　なにが好敵手だ、ふざけんなっ！」

煙草を投げ捨て、将太が勢いよく立ち上がる。そのまま去るのかと思ったら、数歩いったところで、なぜだか慌てて戻ってきた。そして投げ捨てた吸い殻を律義に拾い、こちらをふり向く。

「バーカッ！」

全身で叫ぶと、将太は一目散に駆け出していった。


その後、将太が実秋に、なにか助言をしたのかは知らない。

けれど十二月に入ってから、実秋は一応、落ち着きを取り戻したように見えた。だから、本番当日の重要な場面で、まさかこんなことが起きるとは誰も思っていなかった。

十二月も第二週になり、年末の公開生放送に向けて、ドラマはクライマックスに向かい始めていた。

良仁演じる隆太が、実秋演じる昌夫に陥れられる場面が、この日の山場だ。

掏《す》りの親方にとらわれたみどりたちを救い出すために、隆太は由利枝《ゆりえ》から預かったお金を修《しゅう》平《へい》に送金しようと郵便局に向かう。だが、いざ郵便局に到着すると、ポケットに入れておいたはずのお金がなくなっていることに気づき、隆太は仰天する。実は同行していた昌夫が姉のまき子と共謀して、ポケットからお金を引き抜いていたのだ。

ガチャーン！

ナベさんが、隆太の心の衝撃を表す金属音を響かせる。背後から、古坂《こさか》先生がハモンドオルガンで奏でる不穏な音楽が流れ始めた。

「〝大事な金なんだ。落とすと大変なんだよ……！〟」

隆太になりきった良仁が、声をふり絞る。

「〝昌夫君、知らないか〟」

かたわらの実秋をふり仰ぎ、良仁はぎょっとした。

昌夫役の実秋が、なにやらぼんやりとしている。ガンちゃん役の孝《たかし》ならいざ知らず、実秋が本番で台詞を忘れたのは初めてだ。

妙な間が空き、冷や汗がどっと出る。

「〝な、なあ、昌夫君、知らないか！〟」

良仁は懸命に繰り返した。ようやく実秋が、ハッとして我に返る。とっさに憎々しげな悪役の表情になり、マイクの前で口をあけた。

ところが。

声が出ない。金魚のように、実秋はパクパクと口だけを動かす。

部屋の隅にいた菊井《きくい》先生と重子《しげこ》が異変に気づき、身を乗り出した。ストップウォッチを掲げた牛山《うしやま》先生が、額に青筋を浮かばせる。

実秋の顔から血の気が引き、だらだらと脂汗が流れ始めた。必死に声を出そうと首を伸ばすが、口元からはかすれた息しか聞こえない。

そのとき、控えていた都《みやこ》が飛んできて、マイクの前に立っている世津子《せつこ》の手をぎゅっとつかんだ。途端に世津子がびくりとして素っ頓狂な声を出す。

「ま、まままま、昌夫ちゃんが、そんなの知るわけないでしょっ！」

完全に声がひっくり返っていたが、それがかえって迫真の演技に聞こえた。

「〝そんなことあるもんか、確かにここに持ってたんだ！〟」

良仁はなんとか台詞を続ける。

こうなったら世津子頼みだ。ここで芝居をやめるわけにはいかない。

自分たちの演技は、ラジオを通して全国に流れているのだ。

「し、知らないったら、知らないわよ。そ、それより隆太さん、あなた、ついに浮浪児の正体を現したんじゃないのっ！」

都に手を握られたまま、世津子が金切り声を張りあげる。

「〝俺、ごまかしたりしないよ！　ただなくなっただけなんだ〟」

視界の片隅で、牛山が人差し指で渦を描き始めた。「巻き巻き」――時間が足りなくなってきている合図だ。

「〝大切な金なんだよ。あれをなくすと、修平兄ちゃんが困るんだよ。みどりを連れてこられないんだよ〟」

良仁は泣き声を出す。

「〝誰か知らないか。みどりのお金、知らないか。兄ちゃんのお金、大切なお金、知らないか……〟」

なんとか最後まで台詞を言いきった。

古坂先生の合図で、ドラマの終了を知らせる銅鑼《どら》が鳴る。ストップウォッチを手にした牛山が、どっと壁にもたれた。

「時間、ちょうど。お疲れさん……」

牛山の大きな体から、蚊の鳴くような声が出る。生放送はほかのスタジオに引き継がれ、ナべさんや古坂も肩で息をついた。

しばらく誰も声を出すことができなかった。綱渡りの放送に、スタジオの中にいる全員が、茫然自失《ぼうぜんじしつ》しているようだった。

それにしても、世津子はよく頑張った。途中から世津子が実秋の台詞を引き受けなければ、あの場で芝居が終わってしまうところだった。

「ちょっと！」

スタジオ内の脱力と沈黙を破ったのは、その敢闘賞の世津子だ。

「実秋君、一体、どういうことなのよ」

都の手をふり切り、すごい剣幕《けんまく》で実秋に食ってかかる。

「あんな大事な場面で台詞を忘れるなんて、『小鳩会《こばとかい》』のメンバー失格よ！　おまけにあれじゃ、ますます私が意地悪みたいじゃないの」

顔を真っ赤にして、世津子は実秋に詰め寄った。

「ただでさえ、私の演技が上手《うま》すぎるせいで、風当たりが強いのにぃ！」

世津子は世津子で、「明日の家」で髪を引っ張られたことを気に病んでいるらしい。

「……ご……、ごめ……ん……」

ようやく実秋が答えたとき、世津子が「きゃっ」と悲鳴をあげて両手で顔を覆った。

良仁も眼《め》を見開く。

紙のように白い実秋の顔に、一筋深紅の血が垂れていた。右の鼻の穴からあふれた鼻血が顎《あご》を伝い、ぽたぽたとスタジオの床に散る。

「実秋君！」

重子が駆け寄り、実秋に上を向かせた。

「大丈夫よ。しゃべらなくていいから、静かにね」

優しく言い聞かせながら、重子は実秋の肩を抱く。

「シゲちゃん、医務室に案内するわ」

由利枝を演じていた貴美子《きみこ》も、片側から実秋を支えた。重子と貴美子に両側から支えられ、実秋はよろよろとスタジオから出ていった。

鉄扉が閉じられると、再びスタジオ内がしんとする。

「……なあ、スガちゃん。ありゃあ、ちょっとまずいんじゃないか」

長い沈黙の後、牛山がおもむろに口を開いた。

「彼、最近どうも調子が悪いと思ってたけど、あれじゃ、公開生放送なんて、とても無理だろう」

ストップウォッチをポケットにつっこみ、菅原《すがわら》教諭に向かって牛山は腕を組んだ。

「代役を立てるなら、今のうちだ」

「おい、牛ちゃん」

菅原に代わり、ナベさんが声を荒らげる。

「そりゃ、あんまりだろ。あのひょろ長いお兄ちゃんが、今までどれだけ熱心に芝居に取り組んできたかは、演出のあんただって、よく分かってるはずじゃないか」

「そうは言ってもね……」

渋い顔をする牛山に、ナベさんは畳みかけた。

「それに、あのお兄ちゃんの演技はたいしたもんだ。いい子をうまく演じる子供はいくらでもいるだろうが、敵役《かたきやく》をあんなに憎たらしく演じられる子供はなかなかいない。あのお兄ちゃんは、将来きっと、俺たちの業界にくる子だぞ」

「ナベさん、甘いよ」

腕を組んだまま、牛山がナベさんを一瞥《いちべつ》した。

「公開生放送はもう目と鼻の先だ。今更変更はできない。このイベントは、戦後の復興を内外に示す上でも重要な企画だからね。我々は、第一に現実的なことを考えなくちゃならないんだ」

一息つき、牛山は「中沢《なかざわ》君」と、修平役の中沢を呼んだ。

「君のつてで、演劇クラブの生徒を集められるって言ってたよね」

「ええ、まあ……」

中沢が曖昧にうなずく。

「僕のつてでなくても、ここまで人気番組になれば、どんな演劇クラブの生徒だって、出演に乗り気になりますよ」

なんだよ、それ――。

良仁はもちろん、祐介も、孝も、その場にいた全員がむっとした表情で中沢を見た。

「もちろん、今のメンバーでいければ、それにこしたことはないですけど」

一斉に非難めいた眼差《まなざ》しを浴びせられ、中沢が決まり悪そうに頭をかく。

「とりあえず、もう少し様子は見るにしても、次回から代役を立てたほうがよさそうだな」

「ちょっと待ってください！」

どんどん話を進めてしまう牛山に、良仁は焦った。

「相手役が実秋でないなら、俺もできません」

「おいおい、駄々《だだ》をこねるのはやめてくれよ。こっちだって、好きで代役を立てるんじゃないんだから」

牛山が苦虫を嚙みつぶしたような顔になる。

「『鐘の鳴る丘』はクラブ活動じゃない。これは、れっきとした仕事なんだ。わずかかもしれないけれど、君たちにだって給金を払っているだろう」

有無を言わせぬ口調で牛山は告げた。

だ。


「それに、これは大人の話なんだ」

冷たくにらまれ、良仁は絶句する。

結局、最後はこれか。〝新しい時代〟だなんだと言っておいて、大人たちは変わらない。

延々教科書に墨を塗らせたり、なんの説明もなく奉安殿《ほうあんでん》を撤去したりしたときとまったく同じだ。

良仁は、実秋が立っていたマイクの前を見やった。

言葉にできなかった思いのように、黒く変色した血痕が点々と床に散っている。

「牛山さん、局にご迷惑をかけられないのは重々承知しておりますが……」

菅原が重い口を開きかけたとき、突然、だんっと背後で音がした。

「やい、オヤジ！」

スタジオ内に、大音声が響き渡る。

「そいつはあまりに、民主的でないんじゃねえのか」

部屋の片隅で、将太が床を踏みしめていた。

「大体、実秋の野郎がおかしくなったのは、お前らがくだらねえ慰問とかを企画したせいだろうが、このクソオヤジッ！」

もう悪辣さを隠すつもりは微塵《みじん》もないようで、将太は仁王立ちで牛山に指を突きつける。

「そのくせ、新しい憲法だのなんだの、偉そうなことばっかりぬかしやがって。大人だ、大人だって威張るんならな、まずは民主主義やら基本的人権とやらを本気で実行して見せろよ。今お前らがやってることの、一体どこが〝新しい時代の民主主義〟なんだ。人を駒扱いしやがって。このクソ、クソ、クソ、クソ、クソオヤジッ！」

将太がだんだんと地団太を踏みまくった。

あまりのことに、牛山をはじめ、ナベさんや古坂までがぽかんと口をあけている。

「僕からもお願いします」

良仁のかたわらから、祐介がすっと前に出る。

「民主主義においては、子供だって基本的人権を守られるべきです。代役を立てるのは、実秋君の意向を聞いた後にしてください」

祐介はポケットから、「あたらしい憲法のはなし」の冊子を取り出した。

ゆうちゃん……。

〝反乱〟をあきらめたと言った祐介が、まだ冊子を持ち歩いていたことに、良仁の胸が秘《ひそ》かに熱くなる。

「自分のことを自分の意志で決めることが基本的人権なのだと、ここにもはっきりと書いてあります」

軽く息を吸い、祐介はよく通る声で冊子の中の一文を読み上げた。

「〝あたらしい憲法は、この基本的人権を、侵すことのできない永久に与えられた権利として記しているのです。これを基本的人権を『保障する』というのです〟」

「どうだ、参ったか！」

祐介が読み終えるや否や、再び将太が大声を張りあげる。

「お願いします。代役を立てるのは、俺たちが実秋とちゃんと話し合った後にしてください」

良仁も、祐介と並んで頭を下げた。

「あたいだって、実秋兄ちゃんがいなくなるのは嫌だよ」

「お、おおお、俺も、嫌だな」

すぐに、都と孝が後に続いた。

「急に弟役が違う人になるのは閉口だわ」

世津子がツンと鼻を天井に向ける。

「民主主義が基本的人権なので……」

ぶつぶつつぶやきながら、最後に勝が良仁たちに加わった。

一丸となった良仁たちに、最初に失笑したのはそれまでずっと黙っていた菊井だ。

「菅原先生は、君たちに随分と立派な教育をしているようだね」

菊井の言葉に、菅原は無言で下を向いた。

「いいだろう。僕は君たちに任せるよ」

丸眼鏡《めがね》の奥の小さな眼を瞬《しばたた》かせて、菊井がじっと良仁たちを見つめる。

「牛ちゃん、これで決まりだ」

菊井にふり向かれた牛山は、「やれやれ」と言いたげに肩をすくめた。

秘められた思い

木枯らしが窓をたたく音が響く。放課後になると、だるまストーブの火が落とされてしまい、教室の中は綿入れを着ていても寒い。

週明けから三日め。いつも台本《ほん》読みを行っている水曜の放課後に、良仁《よしひと》たちは空き教室で実《さね》秋《あき》を中心に車座になっていた。少し離れたところに、菅原《すがわら》教諭と重子《しげこ》が控えている。

『鐘の鳴る丘』の公開生放送は、翌週に迫っていた。

通常の放送口とは異なるこの特別放送を、ＮＨＫは「お楽しみクリスマス会」と銘打っている。児童合唱団「花かご会」の合唱や、ゲーム大会などの用意もあるが、なんといっても最大の目玉は、人気ラジオ放送劇『鐘の鳴る丘』の芝居を眼《め》の前で見られることだ。

早くも大勢の人たちから観覧の申し込みがあるという。

クリスマスといえば、サンタが子供たちにプレゼントを持ってやってくるという知識くらいしか、良仁にはない。もっとも、国民学校の一年生になった年に太平洋戦争が始まった良仁自身は、家でお祝いをした経験も、プレゼントをもらった覚えもなかった。

だが、五歳年上の兄の茂富《しげとみ》によると、米英との戦争が本格的になる前は、企業による子供向けのクリスマス会が随分と盛んだったらしい。大きな会館を貸し切りにしたお菓子屋や玩具《おもちゃ》屋が主催する「クリスマス会」への参加は、子供時代の夢だったと、茂富から聞かされた。

今年のクリスマスイブは大安吉日。ＮＨＫが先陣を切って、家族向けの「クリスマス会」を復活させるのだと、牛山《うしやま》は一人で気を吐いている。そのためにも、『鐘の鳴る丘』の公開生放送は、なんとしてでも成功させなければならないのだと。

牛山の思惑はともかく、良仁は実秋が『鐘の鳴る丘』を抜けるのだけは断じて嫌だった。曲がりなりにも〝隆太《りゅうた》〟の怒りをここまで演じてこられたのは、敵役の〝昌夫《まさお》〟を演じていたのが実秋だったからだ。

けれど、それをどう本人に伝えたらよいのかが分からず、良仁は気をもんでいた。

重い沈黙の中、かたかたと窓枠が風に鳴る音だけがする。

「……やっぱり、無理だと思う」

やがて、実秋がぽつりとつぶやいた。

「あんなこと、初めてだったし」

膝に置いた拳が固く握り締められている。

本番で声が出なくなるなんて、実秋自身、思ってもみなかったのだろう。確かにあのとき、都《みやこ》のうながしに世津子《せつこ》が応えられなかったら、芝居は完全に終わってしまっていた。

「菅原先生」

実秋が、顔を上げて菅原を見る。

「牛山先生に頼んで、次回から俺の代役を立ててください」

教室内の空気がざわりと揺れた。一番聞きたくなかった言葉に、良仁の胸が波打つ。かたわらの祐介《ゆうすけ》の顔も、ぴくりと引きつった。

「おいっ！」

そのとき、一人だけ机の上に座っている将太《しょうた》が怒声を発した。

「お前、いつだったか、俺に向かって、自分の芝居は茶番でもお遊戯でもないとか、偉そうな口たたきやがったよな。それなのに、所詮はその程度かよ」

明らかに挑発的な口調だったが、実秋は項垂《うなだ》れたまま口を閉じている。

「新橋《しんばし》の地下道上がりにちょっと腐されたくらいで、簡単に役を降りるほど、お前の芝居は甘っちょろいものだったのかよ」

将太がいらいらと声を荒らげた。

「結局、お前の芝居なんて、ただのお遊びだったんだな」

「そ、それは違う」

ようやく実秋が弱々しく反論する。

「芝居をただのお遊びだと思ったことなんて一度もない。だって俺は……」

実秋の声が消え入りそうになった。

「役者に……、芝居の道に進みたかったんだもの」

あのお兄ちゃんは、将来きっと、俺たちの業界にくる子だぞ――。

ナベさんだって、実秋をそう評していた。

真剣に取り組んでいたからこそ、実際に戦災孤児の立場にいた光彦《みつひこ》の批判が胸にこたえたのだろう。

〝『鐘の鳴る丘』は嘘ばっかりだ。お前も、お前も、お前も！　お前たちの演技は、全部、全部、嘘っぱちだ！〟

光彦の罵声は、良仁の耳の奥底にも消えることなく残っている。あの場にいた全員が、ことごとく打ちのめされたのだ。恐らく、菊井《きくい》先生まで――。

「でも、この先、ちゃんと芝居ができるのか、自分でもよく分からないんだ」

実秋がぼそぼそと続ける。

「先生たちや皆にも迷惑はかけたくないし……」

「迷惑だなんて、思ってないよ」

祐介が静かに助け船を出した。

「あら、私はちょっと迷惑だけど」

唇をとがらせた世津子を、良仁と都が同時ににらみつける。

「だって、そうじゃない。毎回、実秋君の台詞《せりふ》まで引き受けられるわけじゃないんですからね。それに、実秋君がちゃんとしてくれないと、私一人が悪役になっちゃうし」

世津子が開き直って鼻を鳴らした。

「それに、実秋君だけがあの子に怒鳴りつけられたわけじゃないでしょ。私だって大事な髪を引っ張られたんですからね。どうして実秋君ばっかり、そんなに被害者ぶってるのよ」

「ごめん……」

実秋がますます項垂れる。

「別に、被害者ぶってるつもりじゃないんだ」

「だったら、もっとしゃんとしなさいよ」

世津子はまだ文句を言いたそうだったが、都に腕を引かれて仕方がなさそうに口を閉じた。

孝《たかし》は心配そうに実秋を見つめ、勝《まさる》は居心地悪そうに椅子の上の尻をもそもそと動かしている。

「ああ、もう、めんどくせえ」

将太が大きく首を横にふった。

「まったく、めそめそとおセンチな野郎だな。芝居なんて、全部、嘘っぱちに決まってるじゃねえか。いくらお前が〝気持ち〟を大事にしてたって、嘘は嘘だ。なにもかもが作り話だよ。そんなことも分からずに、よく芝居の道に進みたいなんて言えたものだな」

実秋が沈鬱に押し黙る。

「本気で役者になりたいならなぁ、嘘を本当に見せるくらいの根性を見せてみろよ。それができないならなぁ……」

実秋に指を突きつけ、将太が大声で叫ぶ。

「やめろ、やめろ、やめちまえっ！」

ひょっとすると、将太は活を入れたつもりだったのかもしれない。だが、実秋は沈黙したままだった。

「実秋、本当にそれでいいのかよ」

良仁も思わず尋ねる。

それでも実秋は力なく首を前に垂れて、なにも言おうとしなかった。将太の顔に、悔しそうな色が浮かぶ。

「つきあってらんねえ！」

大きく舌打ちし、将太がぼろぼろの鞄《かばん》を手に机の上から飛び降りた。

そのとき。

「将太君、ちょっと、待って」

教室から出ていこうとする将太を呼びとめたのは、それまでずっと黙って良仁たちを見守っていた重子だった。

「実秋君も皆も、少しだけ聞いてほしいの」

菅原のかたわらから立ち上がり、重子が実秋の隣の椅子を引く。

その横顔を見たとき、良仁はなぜかどきりとした。重子は、これまで良仁たちの前で見せたことのない硬い表情をしていた。

「実は私、菅原先生から『鐘の鳴る丘』の放送のために皆を指導するお話をいただくまで、芝居の仕事をやめようと思っていたの」

うつむいていた実秋の肩が、ぴくりと動く。

「私の姉はね、大きな映画会社に所属する女優だったのよ」

一人一人の顔を眺めながら、重子はゆっくりと話し始めた。

「姉さんは、私なんかよりずっと綺麗《きれい》で、背も高くて、演技もとっても上手な人だった。でもね、戦争で、劇映画を撮る機会はどんどん減っていってしまったの。姉さんは、お芝居をしないと生きていけないような人だった。だから、まだ芝居をすることができる舞台に参加することにしたの」

良仁の脳裏に、スタジオの外の長椅子で、貴美子《きみこ》と額を寄せ合うようにして話していた重子の姿が浮かぶ。あのときも、重子は「姉さん」の話をしていた。

「東京大空襲があった後、政府は全国の劇団にも疎開命令を出したの。東京は爆撃で劇場や舞台もめちゃくちゃになってしまって、芝居どころではなかったから」

重子の姉は、広島に疎開することが決まっていた劇団から大きな役を依頼された。そして、重子たち家族と別れて、一人で広島に向かうことになった。

昭和二十年六月のことだったという。

「広島は西日本一の軍事都市よ。疎開どころか危なすぎる。私たち家族はそう言ってとめたけど、姉の芝居への情熱は大きくなるばかりだった。それに、広島の舞台には、いつも千人もの観客が押し寄せてきたんですって」

重子の姉が参加した劇団は、広島のどこへ行っても大歓迎を受けた。軍需工場、農村、小学校——。朽ちかけたような舞台であっても、そこは大勢の観客でにぎわい、姉は精いっぱい芝居に打ち込んだ。

「でも……」

重子の声が詰まる。

二か月後。運命の八月六日がやってきた。

その日、広島に恐ろしい威力の新型爆弾が落とされたことは、良仁の記憶にも新しい。

爆心地の近くにいた重子の姉は背中に大火傷《おおやけど》を負っていたが、終戦からしばらくはまだ息があったという。広島にやってきた重子の手を取り、「これで思う存分本当の芝居ができる」と、眼に涙を浮かべることもあったそうだ。

しかし。

「八月の終わりに、姉は東京に帰ることなく、結局広島で息を引き取りました」

重子の眼元が赤く染まる。

良仁も、実秋も、祐介も、将太ですら、誰も口をきけなかった。

「姉が死んだとき、私は芝居の仕事をやめようと心に決めたの。姉に比べるとたいして才能のない私が芝居にかかわる必要なんて、なに一つないように思えて、虚《むな》しくてたまらなかったから。どうして才能を買われて広島にいった姉が死んで、私が残されたのか、どんなに考えても分からなかったから」

〝だからこそ、広島の舞台に呼ばれたんだって考えると、私は今でも運命を許せなくなるの――〟

重子の押し殺したような声が、良仁の耳の奥に木霊する。

「それからずっと、私は本当に、芝居の仕事から離れていたの」

それまで伏し眼《ふめ》がちに話していた重子がおもむろに顔を上げた。

「皆のお芝居の指導をするまで」

良仁たち一人一人の顔を、重子はゆっくりと順番に見まわしていく。

〝はいっ！　最初からもう一回〟

白いブラウスに、明らかに元はモンペと分かる更生服。

〝だめ、だめ、もう一度！〟

腰に手を当ててはつらつと声を張り、良仁たちをしごきまくった〝鬼ばば〟――。

その明るく強気な鬼ばばが、初めて出会う女性のように感じられた。

「正直、菅原先生からお話をいただいたときも、迷っていたの。姉を奪った芝居に絶望している私に、指導なんてできるのかって」

いつの間にか、実秋が顔を上げて重子を見つめている。

「でもね、やってみたら、楽しかったの」

重子の右の頬に、深いえくぼが浮かんだ。

そうすると、いつもの鬼ばばが戻ってくる。

「どんどん、どんどん、上手になっていく皆を見ているのが、とっても、とっても、楽しかったの」

見る見るうちに、重子のつぶらな瞳に涙がのぼった。

姉の死を語るときにはこぼれなかった涙が、瞬《またた》きとともに目尻からあふれ出る。

『鐘の鳴る丘』の皆の演技に、どれだけ驚かされて、どれだけ励まされたか分からない。私が芝居の世界に戻ってこられたのは、皆のおかげなの」

頬を伝う涙をぬぐおうともせず、重子は実秋に向き直った。

「だからね、『鐘の鳴る丘』は、私にとっては決して〝嘘っぱち〟なんかじゃない。なにより も大切な、本当の物語なのよ」

実秋が大きく眼を見張る。蒼褪《あおざ》めていた頬に、微かに血の気が通った気がした。

「実秋君」

背後から、菅原が声をかけてきた。

良仁たちと一緒に重子の話をじっと聞いていた菅原教諭は、とても静かな表情をしていた。

〝菅原先生は、その先生の代わりにうちの学校にきたんだよ〟

その眼差《まなざ》しを見たとき、良仁は急に兄の言葉を思い出した。

この戦争は間違っている。だから、未来のある子供たちは戦争に加担するべきではない——。

そう言って罷免された先生の代わりに新しく茂富の担任になった菅原教諭は、当時、生徒たちになにを告げたのだろう。

〝それで、俺たちは、国民学校を卒業するとすぐに軍需工場へいったんだ〟

あの兄の言葉の裏には、一体なにが隠されていたのだろう。

中折れ帽を脱ぎ、兄に向かって深々と頭を下げていた菅原。

その菅原が、新しくなにを始めようとしているのかを見てみたいと語った兄。

重子が姉への無念を心に秘めて良仁たちの指導に当たっていたように、菅原教諭もまた、なんらかの思いを胸に「小鳩《こばと》会」を結成し、『鐘の鳴る丘』の放送に骨身を惜しまず助力してきたのかもしれなかった。

「今日は実秋君宛に、いくつか預かってきたものがあるんだ」

菅原は鞄を引き寄せて、たくさんの紙の束を取り出した。

「これは、ナベさんからだ。ＮＨＫに届いた『鐘の鳴る丘』の聴取者からの手紙だそうだよ」

机の上に、わら半紙や便箋が並べられる。

「皆も一緒に見てごらん」

菅原にうながされ、良仁たちものぞき込んだ。

「〝『鐘の鳴る丘』を聞いてから、お友達が汚いかっこうをしていても、悪口を言うのをやめました〟」

そのうちの一枚を、都が相変わらずの棒読みで読み上げる。すかさず、将太が「けっ、気取りやがって」と吐き捨てた。

「〝僕は主題歌の『とんがり帽子』が大好きです。鐘が鳴りますキンコンカンと大きな声で歌うと、不思議に勇気が出ます〟」

祐介も違う手紙をいくつか読み上げた。

「〝私のうちは貧乏ですが、お父さんとお母さんがいる私は、修吉《しゅうきち》君や隆太君やみどりちゃんに比べたら幸せです。修吉君が、早く修平《しゅうへい》お兄さんと会えますように〟」

ほかにもたくさんの感想が届いていた。

中には大人からの手紙もあった。戦争で父を亡くしてからずっとふさぎ込んでいた娘が、「とんがり帽子」の〝鳴る鳴る鐘は父母《ちちはは》の　元気でいろよという声よ〟という歌詞を聞いて、初めて声をあげて泣いたとつづる母親からの手紙もあった。

「全部、ナベさんが、実秋君のために持ち出してきてくれたんだよ」

実秋が、いくつかの手紙をそっと手元に引き寄せた。

どの手紙からも、『鐘の鳴る丘』を心から楽しんでくれている様子が伝わってきた。

「う、うちの妹も、か、『鐘の鳴る丘』、大好きだもんな」

孝が感慨深げにつぶやく。

『『鐘の鳴る丘』は誰がなんと言おうと人気番組なのよ。せっかくの公開生放送で、登場人物の声が変わったりしたら、ごひいきさんに申し訳が立たないわ」

世津子がツンと鼻をそらした。

「せっちゃんの言うとおりだよ」

ここぞとばかりに勝が追従する。将太が再び「けええっ」と顔をしかめた。

『鐘の鳴る丘』に励まされている人たちが、たくさんいるのは本当よ」

重子がくすりと笑みをこぼす。

きっと、そうだ――。良仁も思う。

本当に路上生活の体験を持つ光彦の眼から見れば、『鐘の鳴る丘』は〝嘘っぱち〟なのかもしれない。

けれど、この物語に自分の心を投影している人たちが、こんなにもいるのだ。

「それから……」

菅原が、鞄の中から今度はわら半紙刷りの台本を取り出した。

「これは、菊井先生からだ。公開生放送用の台本だそうだよ」

これには良仁たちはもちろん、重子までが意外そうな表情を浮かべる。

菊井の台本は、常に本番ぎりぎりまで上がらない。こんなに早く台本ができてきたのは初めてだ。

「実秋君に、一番初めに読んで欲しいそうだ」

菅原に差し出された台本を、実秋は神妙な面持ちで受け取った。

『鐘の鳴る丘』

公開生放送が行われる日比谷公会堂は、普段は入れないドーリットル・フィールドの中にあった。一九二九年に竣工《しゅんこう》した東京唯一の音楽堂で、中央に大きな時計塔をいただき、壁面は茶褐色のタイルで覆われた荘厳な建物だった。戦前は、ここで多くの企業が「クリスマス会」を催していたらしい。

当日、日比谷公会堂にはたくさんの親子が駆けつけた。久々の「クリスマス会」に、誰もが晴れやかな表情をしている。

良仁《よしひと》は重たい緞帳《どんちょう》を少しだけめくり、舞台袖から客席の様子を眺めた。

児童合唱団「花かご会」による第一部の演目が終わり、休憩中の客席は、パンフレットを眺めたり、おしゃべりをしたりしている人たちでにぎわっている。二つの階に分かれた大きな会場に、約二千人が収容されているというのだから驚きだった。

今年の十一月に、ＮＨＫが「全国児童唱歌コンクール全国コンクール」を再開してから、子供たちの間で合唱熱が高まっている。良仁が通う峰玉第二小学校《みねたまだいにしょうがっこう》でも演劇の「小鳩会《こばと》」に続き、合唱団「灯火会《ともしび》」が結成された。戦後の世の中に、明るい灯火をともすのだと、校長先生が話していた。

人々のざわめきが高い天井に反響し、海鳴りのように押し寄せてくる。

今日はこの中に、両親や兄の茂富《しげとみ》もいるはずだ。公開生放送のために、NHKの牛山《うしやま》先生が劇に参加する児童たちの家族を特別に招待してくれたのだ。

孝《たかし》の妹の邦子《くにこ》は丸い頬《ほお》を真っ赤に染めて、喜びいっぱいでやってきた。その邦子が手を引いている小さな女の子が将太《しょうた》の妹と知って、良仁は驚いた。

病気だという将太の母に代わり、邦子が連れ出してくれたのだそうだ。幼い妹の前で、将太が普段からは想像もつかないほど落ち着いた物腰でいるのが、なんだか意外だった。

大きな会場は、明るい笑い声と、期待と興奮に満ちた雑談でさんざめいていた。この日の様子だけを見ていると、なにもかもが元に戻ったように思える。

東京に爆撃があったことも、周囲の日比谷公園が今ではドーリットル・フィールドになっていることも、そもそも戦争があったこと自体が嘘のようだ。

けれど公会堂から一歩出れば、良仁たち日本人はその先のアメリカ人専用の敷地には入れない。田村町《たむらちょう》の街頭も大勢のGIが闊歩《かっぽ》している。

闇市で売られる〝ヤミ米〟を食べるのを拒否した判事が餓死するという、痛ましい事件が起きたのも、つい最近のことだ。この判事は、ヤミ米を買った老女に禁錮《きんこ》刑《けい》を言い渡さなければならなかった己の立場に絶望し、食糧管理法という悪法への抵抗《レジスタンス》として餓死を選んだのだと、兄が説明してくれた。

闇市で食糧を不法に入手しなければ一般市民が餓死するような状況が、いまだに続いている。

その現実と、目の前の楽しげな人々の様子が、良仁の頭の中ではどうにも一つにならなかった。

「よっちゃん」

ふいに背後から声をかけられた。

ふり向くと、真新しい学生服を着た祐介《ゆうすけ》が立っている。

「ゆうちゃん」

「舞台ができてきたよ」

祐介が指さすほうを見れば、これから自分たちが立つ舞台に立派な装置が並べられていた。

遠い信州の山並み。緑に囲まれた丘の上に立つ、とんがり帽子の屋根を持つ時計台。細緻に描き込まれた鮮やかな色彩の書き割りは、本物の風景のようだ。

天井からは『鐘の鳴る丘』という文字と、夜空に輝く星々が吊《つ》り下《さ》げられている。

時計台の書き割りの手前にはオーケストラが組まれ、一段高くなったところにハモンドオルガンが置かれていた。古坂《こさか》先生がここでオーケストラの指揮をとりながら、自らハモンドオルガンも演奏するのだろう。

舞台奥の信州の山並みの前には、音響効果用の間仕切りが作られている。そこには本物の扉や、風の音を出す蛇腹を張った道具などが用意されていた。ナベさんの腕の見せ所だ。

そして――。

舞台の中央に、一本の黒いマイクが置いてある。

「いよいよだね」

祐介の言葉に、良仁はうなずいた。

もう一度緞帳をめくってみると、二千人を超える観客で満席の巨大な会場が迫ってくるように見えた。こんな中で、本当に芝居なんてできるのだろうか。

「俺、なんだか緊張してきたよ」

「いつも通りにやればいいだけだよ」

今更不安を覚える良仁に、祐介が微笑《ほほえ》みかける。

「今日は、ゆうちゃんの父ちゃんと母ちゃんもきてるの？」

「きてるよ」

なんでもないように、祐介がつけ加えた。

「母さんだけだけど」

じっと会場を見つめる祐介を前に、良仁は口を閉じる。

〝ラジオだの芝居だのは、文弱の輩《やから》が従事するものなんだって〟

以前チョボイチ山で、祐介は投げ出すようにそう言った。

ぶんじゃくのやから——。

聞かされた当初はまったく意味が分からなかったけれど、今はなんとなく想像がつく。

「前々から父さんは、俺が『小鳩会』の活動をするのにも反対だったんだ」

組で一番の成績をとるという約束と引き換えに、それを許してもらってきたのだと祐介は語った。優等生だとばかり思っていた祐介が、そんな約束のために勉強に励んでいたとは、今の今まで気づくことができなかった。

打ち明けてくれればよかったのに。

祐介の親友を自任していた良仁は、少しだけ寂しくなる。

だが、それを知ったところで、祐介のために一体なにができただろうか。

「でも、母さんは、俺の味方だから」

祐介の言葉を、良仁は黙って聞くことしかできなかった。

町内で唯一の医院を営む祐介の父は、すべての野良仕事を放り出して喜び勇んで「クリスマス会」にやってくる良仁の父とは違うのだ。祐介の〝反乱〟の道程は、この先も険しそうだ。

「おい、お前ら」

柄の悪い声が響く。楽屋へと続く舞台裏から、将太が近づいてきていた。

「そんなところで、なにやってやがる」

いつものだぶだぶの学生服を重子《しげこ》に詰めてもらった将太は、随分こざっぱりして見える。

「ここから会場が見えるんだ」

良仁が緞帳を少しだけめくった。

「ひゃあー、こんなにきてんのかよ」

隙間からのぞいた将太が、おおげさに声をあげる。

「どいつもこいつも、おめでたいやつらばかりだな」

憎々しげな口調が、途中で勢いを失った。今日はその中に、自分の妹がいることに気づいたようだ。

「……俺の母ちゃんは、父ちゃんが死んでから、なんにもできなくなったんだ」

分厚い緞帳につかまるようにして、将太が早口でつぶやく。

「母ちゃんはいっつもふさぎ込んで寝てるから、妹の世話をする人が誰もいねえ。俺は仕事があるしな。妹は、ずっと一人でしんぼうばっかりだ。だから、つい孝の野郎のお節介に乗っちまったんだ。たまには、こういうところに連れてきてやるのもいいかなって思ったから」

孝がそんなことを将太に申し出ていたとは知らなかった。

良仁と実秋《さねあき》が〝アオの涙〟の話をした後、将太はこっそりアオを見にいったのだそうだ。そこで孝の妹の邦子と知り合い、今回の来訪につながったらしい。

「よかったじゃないか。ほら、とても喜んでいるよ」

祐介が指をさした。

指の先に眼《め》を凝らすと、大柄な孝の両親と邦子の間に座っている小さな女の子の姿があった。女の子はつぶらな瞳をきらきらさせて、嬉《うれ》しそうに周囲を見回していた。

「芳子《よしこ》……」

将太の口から感極まったような声がこぼれる。

「あれ？」

耳聡《みみざと》く、祐介が片眉を上げた。

「将太の妹も、〝よっちゃん〟なんだな」

「なにを！」「なんだよ！」

まったく同時に声が重なってしまい、良仁と将太は思わず顔を見合わせる。

「うるせえ、このがり勉野郎っ」

将太がいつもの調子を取り戻して、悪鬼のような表情で怒鳴った。

「あっはははは……！」

祐介も明るい笑いを取り戻していた。なんだかおかしくなって、良仁も一緒に声をあげて笑った。

これで、実秋さえ元通りになってくれれば言うことはない。

良仁の脳裏に、楽屋の片隅で台本にじっと眼を落としていた実秋の姿が浮かんだ。

「実秋、大丈夫かな」

「大丈夫だよ」

祐介が相槌《あいづち》を打つ。

「実秋が本気を出せば、この会場中の全員をうならせることだって夢じゃない」

祐介は難なく言う。

ただしそれは、実秋が役になり切れればの話だ。

「それに、本当に将来、役者になりたいなら、これくらいのスランプは乗り越えないといけない」

「スランプ？」

「一時的に力が発揮できなくなることだよ」

祐介が律義に説明した。

「もし乗り越えられなかったら？」

良仁はつい聞き返す。

「そのときは、実秋もあきらめるしかないだろうね」

良仁と祐介のやりとりを、将太が無言で見つめていた。

菊井《きくい》先生がいつもより早く仕上げた台本を真っ先に読んだ実秋は、昌夫《まさお》役を最後まで演じ切ることを決意した。予行演習ではまだ本調子とまではいかなかったが、世津子《せつこ》に助けられながら、台詞《せりふ》を読み通した。

万一、この大舞台での生放送で、声が出なくなるようなことがあったら――。

想像しただけで、心臓が痛くなる。

それでも良仁は、やっぱり実秋と一緒に舞台に立ちたかった。

「ともかく」

祐介が落ち着き払って、腕を組む。

「ここまできたら、一蓮托生《いちれんたくしょう》だ」

「いちれん？　なにわけ分かんねえこと言ってんだ、がり勉野郎」

「一蓮托生っていうのはねぇ……」

将太にも律義に説明している祐介の澄んだ声を聞きながら、良仁は改めて緞帳の隙間から満席の会場を眺めた。

突然、菅原《すがわら》教諭の来訪を受けてから半年。自分たちはここまできたのだ。

親友の祐介はもちろん、同じクラスの孝とはもともと親しかったが、あまり口をきいたことのなかった隣の組の実秋や、不良にしか見えなかった将太や、いけ好かないだけだった勝《まさる》と世津子や、学年の違う都《みやこ》が、いつしか近しい存在になっていた。

まさか自分がラジオ放送劇に出るなんて、思ってもみなかったのに。

それでも、自分たちはなんとかここまでやってきた。

「おーい、みんな」

舞台裏から今度は勝が声をかけてくる。

「早く楽屋に戻れって、鬼ばばが怒ってる！」

気づくと、第二部のベルが鳴る時刻になっていた。

「いこう」

祐介にうながされ、良仁と将太も緞帳の側から離れる。

「おい、良仁」

楽屋に向かう通路を歩いていると、後ろから肩をたたかれた。

「なんだよ」

勝が瓶底眼鏡《めがね》の向こうからじろりとこちらをにらみつけている。

「足、引っ張んなよ」

吐き捨てるように言うと、勝は良仁をおいこしてさっさと楽屋に入っていった。あまりのことに、呆気《あっけ》に取られてしまう。

前言撤回。

ここにいたっても、勝はあくまでいけ好かないだけだった。


シャンシャンと鈴の音が、場内に響き渡る。

古坂先生の指揮に合わせ、オーケストラがにぎやかなクリスマス・キャロルを奏で始めた。

強いライトを浴びているため、舞台にいる良仁たちから観客席の様子はほとんど見えないが、それでも会場全体が、わくわくと沸き立っている様子が肌に伝わってきた。

『鐘の鳴る丘』の公開生放送の終盤部に、本当にクリスマス会の場面を用意するという、菊井先生のしゃれた仕掛けは大成功のようだ。

いつしか会場が一体となって、クリスマス・キャロルに合わせて手拍子をしている。

この日の『鐘の鳴る丘』は、最終回といっていいほどの盛り上がりを見せた。

ようやく兄の修平《しゅうへい》がいる信州にたどり着いた修吉《しゅうきち》は、送金用の金を隠して隆太《りゅうた》を陥れようとしていた昌夫を見とがめ、悪事がばれるのを恐れた昌夫から谷底に突き落とされてしまう。修吉を助けようと、隆太と修平も谷底に降りるが、ロープで三人を引き上げることはできない。

修平はようやく再会できた弟を助けるために、自分が犠牲になることを決める。そして、「弟の友達になってほしい」と告げて、気絶した修吉を隆太に託し谷底に残る。

「〝隆太……。修吉が気づいたら、足が不自由になっても、心までが不自由になってはいけないって、明るく元気で暮らさなければいけないって、きっと、きっと、伝えてくれ……〟」

修平役のハンサムな中沢《なかざわ》さんの熱演に、会場からはすすり泣きが起きた。

「〝由利枝《ゆりえ》姉ちゃん、どうしよう。暗くなってきたよ。修平兄ちゃんが死んじゃうよ。……どうしよう、どうしよう……〟」

良仁も、隆太になりきって声を絞った。

そこへ遠くから、「おーい、おーい」と事故を聞きつけた強力《ごうりき》たちの声が響いてくる。

会場全体から、安堵《あんど》の息が漏れた瞬間だった。

そして、今は終盤部分の楽しいクリスマス会だ。

ついに完成した「少年の家」で、修吉や隆太やみどりやガンちゃんたちが、修平や由利枝とともにささやかな宴を開いている。

間仕切りの中のナベさんが、軽やかに鐘の音を鳴らした。

「〝あら、誰かしら、お客さまよ〟」

由利枝役の貴美子《きみこ》が顔を上げる。

舞台袖から歩いてきた人物の姿に、会場の手拍子がやんだ。古坂先生の手が空気をつまみ、クリスマス・キャロルもぷつりと途切れる。

しんとした舞台の上を、マイクに向かって実秋が歩いてきた。事故の原因を作った悪役の登場に、場内がざわめき始める。

マイクの前に立った実秋が、すっと息を吸う。

「〝ぼ、僕も……、仲間に入れてもらえないかな……〟」

震えるような声だった。それが演技なのか、それともまだ本調子に戻れていないのか、良仁にはよく分からない。

「〝チェッ、図々《ずうずう》しいや〟」

すかさず、俊次《しゅんじ》役の勝が盛大に舌打ちをする。

「〝俺もあいつは嫌いだね〟」

桂一《けいいち》役の将太も冷たい声を出した。

実秋の顔は真っ青だ。よく見ると、両脚もぶるぶると震えている。

やはり調子を取り戻せていないのだ。

演技じゃない——。

実秋の額に脂汗が浮いていることに気づき、良仁の心拍数が一気に上がった。

「〝俊次君、桂一君。昌夫君は、なにを言いにきたんだろう〟」

実秋の震えに気づかぬまま、中沢が芝居を続ける。

一瞬、実秋が大舞台の上で鼻血を流す幻が浮かび、良仁の頭の中が熱くなった。

「〝たとえばね、君たちを立派な子供だと思って、友達になって自分もいい子になろうと思って、ここへやってきたのかもしれないよ。それでも……〟」

「黙れ」

突如、将太が修平役の中沢の台詞を打ち消す。

「これだから嘘っぱちだって言うんだよ。浮浪児《ふろうじ》を立派な子供だと思うやつなんているもんか」

両肩をすくめ、将太は首を横にふった。

最後まで台詞を言えなかった中沢が、あんぐりと口をあける。由利枝役の貴美子も眼を皿のようにした。

祐介も、勝も、その場にいる全員が、仰天して将太を見た。

本来ならば、ここは修平に説得されて、「少年の家」の皆が昌夫を受け入れるシーンだ。ところが将太は、肝心の修平役の中沢を黙らせてしまった。

将太のやつ、一体なにを……！

良仁の喉も干上がったようになる。

「やい、昌夫。てめえ、なにしにきやがった」

完全に台本を外れてしゃべり出した将太を、実秋は蒼白《そうはく》の表情で見つめた。

舞台袖では、ストップウォッチを手にした牛山先生が、飛び出さんばかりに眼をむいている。

その隣の菊井先生も、さすがに驚いた顔をしていた。

「なんとか言いやがれ」

将太にすごまれ、実秋はかろうじて口を開く。

「ぼ、僕は……、みんなに謝りに……」

蚊の鳴くような声で答えながら、実秋は助けを求めるように視線をさまよわせた。

憤怒の表情の牛山が、芝居を台本に戻せと舞台袖からしきりにジェスチャーを送っている。

奥にいたはずの菅原教諭と重子が、何事かと袖に出てきた。

「あの、桂一君……」

「うるせえ、大人は黙ってろ。くだくだ説教たれんじゃねえ。これは俺たちの問題だ」

口を挟もうとした中沢を、将太は再びぴしゃりとさえぎる。

将太め、なんてことを。

ただでさえ本調子でない実秋を、こんな大舞台で追い詰めるなんて。

だけど、どうしたらいいのか分からない。ここで、〝隆太〟や〝修吉〟が下手に口を挟めば、芝居はもっと滅茶苦茶《めちゃくちゃ》になってしまうかもしれない。同じことを考えているのか、かたわらの祐介も、じっと固まったままだ。

「やい、俺はお前に聞いてんだぞ、昌夫」

畳みかけられ、実秋が一層しどろもどろになる。

もう、だめだ。

良仁の全身を、どっと汗が流れた。

「所詮は、その程度だ。お前なんて、昌夫なんて、嘘っぱちだ」

マイクを挟み、将太が真っ向から実秋をにらみつける。

「……嘘じゃない」

しかし、そのとき、強い声が響いた。視線を走らせ、良仁はハッと息をのむ。

実秋の表情が明らかに変わっていた。

「意地悪をしたのは、君たちが怖かったからだ。浮浪児を立派だと思ったことも、かわいそうだと思ったこともない。でも、得体が知れないから、怖かったんだ」

台本の台詞とまったく違う。

けれど、実秋は将太の即興を受けて立っていた。

「高利貸し甚平《じんぺい》」の幽霊役でさんざん下級生たちを怖がらせ、憎々しく隆太を罠《わな》にはめ、良仁の怒りを燃え立たせた実秋が、舞台の上に戻ってきた。

それは、実秋の昌夫だった。

「調子のいい野郎だぜ。そんなことで、今までのことが許されると思ってるのか」

「許してもらえなくてもいいから謝りたい」

「なんでだ」

「君たち浮浪児も、僕と同じ子供だって分かったからだ」

「そう簡単に分かられてたまるか」

好敵手と認め合った二人の丁々発止《ちょうちょうはっし》のやり取りが続く。

舞台袖の牛山が繰り出す「巻き巻き」を、かたわらの菊井が全身をぶつけるようにしてとめた。

「それでも分かりたいから、どうか僕を仲間に入れてほしい！」

真剣な叫びに、満席の場内がしんとする。

いつしか実秋の昌夫は、ただの悪役ではなくなっていた。それは誰の心の中にでもいるに違いない。

かつて、ぼろぼろの煮しめたようなシャツを着た将太と並ぶことを、きまり悪く感じた自分がいたことを、良仁は思い出していた。

「いいよ！」

ふいに、かたわらで声が響く。主役の修吉を演じる祐介が、マイクに向かって一歩足を踏み出した。

「〝昌夫君、クリスマスおめでとう〟」

いくつかの台詞が省かれたが、祐介のこの一言で自然と流れが台本に戻ってきた。

「〝ねえ、こっち、おいでよ〟」

何事もなかったかのように、都が平然と後を受ける。

「〝昌夫君、おめでとう、待ってたよ〟」

「〝しょうがねえから、負けとくよ〟」

「〝おお、おおお、俺も、あ、遊んでやるよ〟」

良仁と勝と孝が、あたふたと都に続いた。

「〝俺もしょうがねえから負けとくよ〟」

にんまりと笑みを浮かべ、将太も台本の台詞に戻った。

実秋の蒼褪《あおざ》めていた頬に、ふわりと血の気が差す。

〝すごいなぁ……〟

初めて将太の「外郎売《ういろう》り」を見たときに感嘆の声を漏らしていた実秋の姿が、昨日のことのようによみがえる。

「〝修吉、ごめんよ。隆太さん、ごめんよ……〟」

もう実秋は、迷うことなく、自分自身の昌夫を演じていた。

「〝じゃあ、みんなそろったところで、仲良く歌を歌いましょうよ〟」

由利枝役の貴美子が嬉しそうにてのひらを打つ。

「〝そうだね、それがいい〟」

何度も台詞をさえぎられた修平役の中沢は、明らかに安堵の表情を浮かべていた。

一段高いところにいる古坂先生の指揮棒がふり下ろされ、会場に高らかな鐘の音が鳴り響く。

〽緑の丘の赤い屋根　とんがり帽子の時計台
鐘が鳴ります　キンコンカン

メイメイ　小山羊《こやぎ》も鳴いてます……

いつしか会場からも、大合唱が沸き起こった。
ちらりと舞台袖を見ると、ストップウォッチを掲げた牛山が、ぐったりと壁に寄りかかっている。どうやらぎりぎり尺に間に合ったらしく、ストップウォッチを持っていないほうの手が、弱々しくＯＫサインを作っていた。
菊井は淡々とこちらを見ている。丸眼鏡の奥の眼に、きらりと光るものがあるように思えたのは気のせいだろうか。
菅原と重子は、一緒に声をあげて歌っていた。

〽緑の丘の麦畑　おいらがひとりでいるときに
鐘が鳴ります　キンコンカン
鳴る鳴る鐘は父母《ちちはは》の　元気でいろよという声よ……

間仕切りの中では、ナベさんが歌に合わせてお椀《わん》をかぽかぽ言わせている。眼が合うと、にやりと笑われた。強面《こわもて》に思えて、実秋をはじめとする自分たちを、一番丁寧に見てくれていた人なのかもしれなかった。

〽おやすみなさい空の星　おやすみなさい仲間たち
鐘が鳴ります　キンコンカン
きのうにまさる今日よりも　あしたはもっとしあわせに……

ああ、そうなのだ。

歌いながら、良仁は心から悟《さと》る。

放送劇は、物語は、きっと祈りなのだ。昨日よりも、今日よりも、明日はもっと幸せに。

轟音《ごうおん》を立ててゆさゆさ揺れる防空壕《ぼうくうごう》。

B29の鉛色の大きな翼。不気味なうなり声。ばらばらと落ちてくる焼夷弾《しょういだん》。

竹やり訓練、匍匐《ほふく》前進、バケツリレー。

アオの涙。将太の涙。

光彦《みつひこ》の怒り。実秋の戸惑い。

そして重子先生の涙……。

どうして戦争が始まり、どうして日本が負けたのか、良仁には分からない。

それでも多かれ少なかれ、たくさんの人たちが、たくさんの大切なものを失ってきたことだけは理解できる。

その心の傷を少しでも埋めるために、物語はあるのかもしれない。

〝君は自分の物語を書きなさい〟

ふと良仁の胸に、光彦に万年筆を渡した菊井の姿がよぎった。

物語は確かに真実ではないかもしれないけれど、決して嘘っぱちではない。

大きな口をあけて歌っている面々を、良仁は眺めた。

終わらぬ反乱の中にいる、自慢の親友、祐介。真摯に芝居に向き合い続け、更に一皮むけた感のある実秋。大好きな馬のことにかけては、玄人なみに頼りがいがある孝。肝が据わったおちびの都。高慢ちきな割に、意外に頑張り屋の世津子。お坊ちゃんの勝は……。まあ、いいとする。

〝これは俺たちの問題だ〟

将太が発した言葉は、本来の実秋を見事に舞台の上に呼び戻した。

もう、ただただ大人たちの言いなりになる自分たちではないのだと、将太は堂々と宣言してみせたのだ。それこそが〝新しい時代〟に生きる覚悟だと、良仁の心も燃えてくる。

父を失い、病気がちの母と幼い妹を支えようと奮闘する将太はへそ曲がりだけれど、誰よりも度胸があって、誰よりも友達思いなのかも分からない。
放送劇を一緒に支えてきた、かけがえのない仲間たち。
それから、客席にいる、父と母と兄を思った。
熱い思いがこみ上げて、強いライトが白くにじむ。
『鐘の鳴る丘』は、すでに良仁たち自身の物語でもあるのだった。

〽きのうにまさる今日よりも　あしたはもっとしあわせに
みんな　なかよく　おやすみなさい……

会場を埋め尽くす二千人の大合唱が、日比谷公会堂いっぱいに響き渡っていった。

昭和四十八年　春

楡の木に新緑が茂り始めている。

柔らかな緑越しに、大噴水が飛沫を噴き上げているのが見えた。

青山葬儀所で一般参加の焼香をすませた良仁《よしひと》は、待ち合わせの場所に向かう前に、日比谷公園に寄ってみた。

茶褐色のタイルに覆われた日比谷公会堂の荘厳さは、あの頃と変わらない。

今でも目蓋を閉じると、「とんがり帽子」の大合唱が響いてくるようだった。

あの日のことは、今でも鮮やかに思い出すことができる。

しばし懐かしさに身を任せた後、良仁は目蓋をあけた。

当時、「ドーリットル・フィールド」と呼ばれていた公園内に、ＧＩの姿はない。ベンチでは、会社帰りらしい若い男女が楽しそうに談笑している。

あれから、四半世紀以上の歳月が過ぎた。ベンチに座っている若い人たちは、かつてこの公園が進駐軍に接収されていたことも、戦後間もなく、背後の公会堂でラジオ放送劇の公開生放送が行われたことも、恐らく知らないに違いない。

戦後は既に遠くなった。

五年前、日本はアメリカに次いで国民総生産《GNP》第二位となり、名実ともに先進国の仲間入りを果たした。

良仁もまた零細企業で昼夜懸命に働き、総生産の下支えをしている。

それが、「とんがり帽子」を歌っていた頃の自分が思い描いていた未来なのかどうかは、よく分からないけれど。

〝新しい時代〟を生きているのだと、純粋に信じていられたのは一体いつ頃までだったろう。

いつしかそれは雑多な日常に変わり、新奇は薄れ、気がつくと綻びばかりが目立つようになった。

人はいつまでも、少年のままではいられない。

小さく息をつき、良仁は日比谷公園を出た。

日比谷通りを渡り、銀座方面へ向かう。大通りを歩いていくと、旧友たちと待ち合わせをしている老舗ビアホールの看板が見えてきた。腕時計を見れば、ちょうど約束の時間だった。

平日のせいか、ビアホールはそれほど混雑していなかった。

店内をぐるりと取り囲む赤煉瓦《あかれんが》が黒ずんでいるのは、戦後、このビアホールがGHQに接収されていた当時、GIたちが暖炉を焚《た》いたせいだともいわれている。

麦の穂をかたどった柱に支えられた高い天井からは、ビールの泡を表す水玉電球が下がり、古き良きカフェーの趣が漂っていた。

こんな優雅な場所にくるのは、随分と久しぶりだ。

春物のコートを脱ぎながら、良仁は店内を見回す。喪服姿の三人はすぐに見つかった。

「よっちゃん」

恰幅《かっぷく》のいい中年の男性が良仁に気づき手をふる。良仁は一瞬、戸惑った。

「ゆうちゃん」

練馬《ねりま》に医院を構える祐介《ゆうすけ》と会うのは、五年前、愛宕山《あたごやま》の放送博物館を一緒に見学にいって以来だ。しばらく見ないうちに、随分と太ったようだ。

「医者の不養生というやつでね」

良仁の表情から察したのか、祐介は黒いチョッキのボタンを飛ばしそうになっている腹をなでる。五年前も恰幅がよくなったとは思ったが、貫禄《かんろく》のあるその顔に、〝反乱〟を企《たくら》んでいた十代の頃の面影は一層薄い。

現在の祐介は、実家の医院の院長になっていた。

互いに忙しいこともあるが、子供の頃はあれだけ一緒に過ごしていたのに、最近ではもっぱら、年賀状をやり取りするだけだった。良仁は必ず近況を添えて年賀状を出していたが、毎年遅れてやってくる祐介からの返事には手書きのあいさつすらないことが多かった。

父から継いだ医院の経営に忙殺されているのだろうと思いつつ、良仁は印刷だけの年賀状を寂しく眺めたものだ。

自分たちの友情は、ずっと変わらない――。

単純にそう信じていられた少年時代が懐かしかった。

「四十近くにもなって、よっちゃん、ゆうちゃんもないだろうに」

ビールのジョッキを手に、早くも赤い顔をして笑っているのは勝《まさる》だ。度のきつい瓶底眼鏡《めがね》は、子供時代と大差がない。ただし、ふさふさだった坊ちゃん刈りの髪が、見る影もなく薄くなっていた。

二代目に引き継がれた祐介の医院とは反対に、たくあん長者といわれた問屋家業は勝の父の代で終わりになった。勝は現在、良仁と同様に、どこにでもいるサラリーマンになっている。

「よ、呼び方ばっかりは、い、今更変えられないよな」

祐介と勝の向かいに座った大柄な男性が、鷹揚《おうよう》な笑みを浮かべた。

三人の中で、孝《たかし》はほとんど容姿が変わっていないように見える。もっとも小学校時代から、孝は小父《おじ》さんのようだった。

「早く座りなよ」

祐介にうながされ、良仁は孝の隣に腰を下ろす。

「よ、よっちゃんは、あ、あんまり変わらないな」

「孝こそ」

馬を使った荷役の仕事は、もう今ではほとんどない。一昨年二十七歳で死んだアオは、峰玉《みねたま》の最後の荷役馬だった。けれど、孝は変わらずに馬の世話を続けている。

現在、孝は浦和《うらわ》競馬場の厩舎《きゅうしゃ》の厩務員《きゅうむいん》になっていた。

「孝は今日、よく休めたな。毎日、大変なんだろう?」

地方競馬出身のハイセイコー号の中央競馬での大活躍により、地方競馬ブームが沸き起こり、浦和競馬場にも大勢の人たちが詰めかけていると聞く。〝野武士〟にたとえられる地方出身の馬が中央のエリート馬をなぎ倒していく姿は、多くの人たちの共感を呼んでいた。

「だ、大丈夫だよ。俺の馬は、みな、いい馬ばかりだから。ほかの厩務員に預けても、も、問題ない」

まだ少し言葉に詰まるところがあるが、早朝から馬の世話に明け暮れている孝は、日に焼けて精悍《せいかん》にみえる。孝の尽力もあり、アオは晩年、北関東の牧場でのんびりと余生を送った。

生まれて初めて金平糖《こんぺいとう》を食べ、大きな黒い瞳からぽろぽろと涙を流したアオの姿が昨日のことのように脳裏に浮かぶ。

アオの晩年が穏やかであったことは、良仁にとっても一つの救いだった。

「あ、実秋《さねあき》！」

祐介が入り口に向かって手をふる。

中折れ帽をかぶり、紳士然とした実秋が、二人の女性を伴って店内に入ってくるところだった。

「せっちゃん、相変わらず綺麗《きれい》だなぁ……」

早速、勝が鼻の下を伸ばす。

髪をアップにした世津子《せつこ》は、黒い和服を着て女優のようにめかし込んでいた。その隣のあっさりとした黒いワンピース姿の都《みやこ》は、昔と同じく大層小柄だ。二人とも小学生の母親になっているが、都は今でも〝おちびのみどり〟で通ってしまいそうだった。

「遅くなってごめん」

実秋が中折れ帽を脱ぐ。

「こっちへきて大丈夫だったのか。まだ、演劇葬、やってるんだろ」

良仁は立ち上がった。

「問題ないよ。皆に会うことは、牛山《うしやま》さんやナベさんたちにもちゃんと話してあるから」

実秋と世津子と都が席に着く。

峰玉第二小学校《みねたまだいにしょうがっこう》の『鐘の鳴る丘』メンバーがこうして全員そろうのは、本当に久しぶりだった。

否《いな》。全員、ではない。

良仁の胸に、癒えない喪失感が走る。

全員の手元にジョッキが届くのを待ち、無言で杯を合わせた。

「精進落としだな」

祐介が小さくつぶやく。

稀代《きたい》の劇作家、菊井一夫《きくいかずお》の葬儀には大勢の人たちが詰めかけていた。今もまだ、青山葬儀所では、ラジオ放送劇の成功の後、菊井が請われて取締役を務めた大手映画会社、宝映《ほうえい》による演劇葬が続いているはずだ。

「ナベさんたちは元気なのか」

良仁が問いかけると、実秋は静かにうなずく。

「さすがに、牛山さんはちょっと落ち込んでいるけどね。ナベさんは、今日も演劇葬の音効《おんこう》を手伝っているはずだよ」

良仁たちは、卒業するまで『鐘の鳴る丘』への出演を続けた。そして、ますます人気の高まった『鐘の鳴る丘』は、良仁たちの卒業後、週二回から週五回へと放送回数を増やすことになった。後を受け継いだ都によると、その頃には、ようやく録音放送が行われるようになったという。

とはいえ、その録音放送も、生放送と同じく頭から終わりまで一発録音だったそうだ。都もまた卒業するまで「おちびのみどり」を演じ続けた。菅原《すがわら》教諭と重子《しげこ》の指導の下、卒業生が演じた役を在校生が引き継ぎ、代替えをしながら「小鳩会《こばとかい》」は昭和二十五年十二月の最終回まで『鐘の鳴る丘』を支え続けた。

だが、メンバーの中で、プロの役者の道へ進んだのは、実秋ただ一人だった。

実秋は子役を経て菊井が取締役を務める宝映に入社し、今も貴重なバイプレーヤーとして、映画に舞台にと活躍を続けている。

「本当は、菅原先生もこられればよかったんだけどね」

菅原教諭は、定年後、故郷の鹿児島に帰っていた。今もまだ児童演劇の指導を続けているが、年齢とともに持病の腎臓病が重くなり、あまり遠出ができないということだった。

たくさん届いていた弔電の中には、菅原の名前もあったはずだ。

「それにしても、すごい人だったたな」

半分ほど飲み終えたビールのジョッキを、祐介がテーブルに置く。

良仁も青山葬儀所から延々と続く、長蛇の列を思い返した。演劇葬には、きらびやかな女優や俳優たちも大勢参列していた。

〝君たち、よくきてくれたね〟

初めて訪れた東京放送会館のスタジオで、良仁たちを迎え入れてくれた菊井一夫は、戦中戦後から亡くなる際にいたるまで、日本の演劇界を代表する巨人だった。

戦災孤児を描いた『鐘の鳴る丘』終了から二年後、菊井一夫は今度は大人たちの戦争体験を主題にした放送劇『君の名は』で再び一大ブームを巻き起こす。特に春樹と真知子という男女の愛が物語の中心となってから、聴取率はうなぎ上りとなった。

『鐘の鳴る丘』の時代から、実は菊井が覚醒剤《ヒロポン》の注射を打ちながら、大量の原稿を書き続けていたことを、当時の良仁たちは無論知る由もなかった。

宝映に招かれ、ラジオドラマから再び演劇に活躍の場を移してからも、菊井は精力的に芝居の戯曲を書き続けた。その膨大な仕事量が、菊井の寿命を縮めたと指摘する関係者も多かった。

実秋を除き、芝居の世界とは無縁の今の良仁たちにとって、菊井は雲の上の人でしかない。

それでも、当時の様々な出来事は、今でもありありと思い起こすことができる。

「今日は懐かしいものを持ってきたよ」

実秋が、数枚のモノクロ写真を取り出した。キャビネサイズに引き伸ばされたそれを、全員がのぞき込む。

信州の山並み。とんがり帽子をいただいた時計台。

書き割りの前にオーケストラが並び、舞台の中央には一本の黒いマイクを取り囲む子供たちの姿があった。天井からは、『鐘の鳴る丘』という文字が下がっている。

日比谷公会堂で行われた、公開生放送の写真だった。

「懐かしいなぁ……」

ビールをすすりながら、祐介が写真をテーブルに並べなおす。

菊井が演技指導をしている写真や、スタッフと出演者が肩を並べた集合写真もあった。

「実はさっき、日比谷公会堂を見てきたんだ」

ここへくる前に一人で日比谷公園に立ち寄ったことを、良仁は告げてみる。

「ここからは、すぐだもんな」

祐介がジョッキを傾けながら、こちらを見た。

「建物は、ちっとも変わってなかったよ」

「周囲は随分と変わっただろう。変わらないものなんて、この世のどこにもないんだよ」

自らに言い聞かせるようにつぶやき、祐介は残りのビールを飲み干した。

「しかし、将太《しょうた》がいきなり台本から脱線したときは、本当に肝をつぶしたな」

「あの日のことは、今でも夢に見ることがあるよ」

祐介の言葉に、実秋も口元にそっと笑みを浮かべる。

「でも、あの事があったおかげで、俺は今でも芝居を続けていられるんだって思っているよ」

これは俺たちの問題だ――。

力ずくで本来の実秋を舞台に連れ戻した将太の即興が、鮮やかに胸に迫ってくる。

〝そんなことで、今までのことが許されると思ってるのか〟

〝許してもらえなくてもいいから謝りたい〟

〝なんでだ〟

〝君たち浮浪児《ふろうじ》も、僕と同じ子供だって分かったからだ……〟

舞台の上で丁々発止《ちょうちょうはっし》と言い合っていた将太と実秋の声が、生き生きと響く。

いつしか良仁たちのテーブルが、しんとした沈黙に包まれた。自ずと視線が、写真の中の学生服を着た小柄な少年の姿に吸い寄せられる。

テーブルについている誰もが、唯一人の不在に思いを馳《は》せているのが感じられた。

「しょ、将太は、ど、どこでどうしているんだろう」

ついにたまりかねたように、孝が口を開く。

将太……。

垢《あか》じみた頬《ほお》。ヤニで染まった黒い前歯。紙巻き煙草《たばこ》をふかして斜に構えた姿。

良仁の胸にひりひりとした喪失感が込み上げた。

一九六〇年に巻き起こった安保闘争。

日米安全保障条約の改定に反対する抗議デモは、全国で五百八十万人が参加した。

このとき、国会に突入した全学連を中心とするデモ隊は、警視庁による発表では十三万人だが、ピーク時には三十万人を超えていたという説もある。

良仁が峰玉を離れ、祐介が父の命に従って医大に進学した年、将太は猛勉強の末、奨学金を獲得して東大に入学した。在学時代から学生運動に身を投じていた将太は、東大ＯＢとしてデモ隊の指揮を執り、この混乱の後、行方不明になっていた。

自ら姿を消したのか、なんらかの事件に巻き込まれたのかは、たった一人残された妹の芳子《よしこ》にも知りようがないという。芳子は今でも将太の捜索を続けているが、なに一つ、情報が得られないらしい。

日米安全保障条約の改定は承認され、ＧＨＱ解体後も日本に米軍が駐留し続けるだけでなく、新たに共同防衛の義務までが課せられた。

米軍将校はここから出ていけ、父を返せと涙をふきこぼした将太の叫びは、四半世紀以上が経った今も、どこにも届いていなかった。

「将太のことだ。きっと、どこかで無事でいるよ」

祐介が、無理やりのように明るい声を出す。

良仁とて、そう願わずにはいられない。だが、たとえどんな理由があるにせよ、妹思いの将太がなんの音沙汰も寄こさないというのは、どうにも不自然に思えてならないのだ。

「なあ、覚えてるか？　公開生放送の後、俺たちに『菊井賞』が出たの。あれこそ、本当のクリスマスプレゼントだったよな」

重い空気を切り替えようとしてか、勝が急にはしゃいでみせた。

「『菊井賞』か。そんなこともあったよね」

すぐに実秋が後を受ける。

「でも、あんなに演技をほめてもらったのって、もしかしたらあのときだけだったかもしれないよ」

その後も菊井一夫の芝居に出演し続けた実秋の大げさな嘆きに、ようやく少しだけ場が和んだ。

「でも、不思議だったよな。台本を変えられると、牛山さんには烈火のごとく嚙《か》みついてたのに」

祐介の言葉に、全員がうなずく。

普段良仁たちの前では穏やかだった菊井先生が豹変《ひょうへん》するのは、自分の書いた台本が、断りなく変更されたときだけだった。

〝勝手なことをするな！〟

鬼のような形相で牛山につかみかかる姿は、肝が据わった都までが涙を流すほど恐ろしかった。

それなのに、修平《しゅうへい》役の中沢《なかざわ》の台詞《せりふ》を突如さえぎった将太のことも、堂々と即興の台詞を述べた実秋のことも、菊井は叱ろうとしなかった。

〝皆さん、よく頑張りましたね。本当に素晴らしかったです〟

それどころか、舞台を降りてきた良仁たち全員を、温かくねぎらってくれた。あのとき、丸眼鏡の奥の菊井の眼《め》に光るものを見たのは、自分だけではなかったはずだ。

後に良仁は、戦中に戦意高揚劇をたくさん書いていた菊井一夫が、戦後の一時、「戦犯文士」と呼ばれていたことを知った。

『鐘の鳴る丘』の音楽を担当した古坂《こさか》先生もまた、戦中には数多くの軍歌を作曲していた。良仁が愛唱し、戦後は歌うことを固く禁じられた「予科練の歌」も、実は古坂の手によるものだった。

価値観がひっくり返り、公職追放という言葉が飛び交う中、結局、芸術家の戦争責任については法的な追及はされなかった。

それでも、敗戦直後に菊井や古坂がどんな思いで『鐘の鳴る丘』に取り組み、菊井の書いた〝きのうにまさる今日よりも　あしたはもっとしあわせに〟という歌詞に、古坂が高らかに鐘が鳴り響くような旋律をつけたのかという経緯には、少なからず想像を巡らせることができる。

〝そんなことで、今までのことが許されると思ってるのか〟

将太の言葉を、はたして菊井はどんな思いで聞いていたのだろう。

もしかすると、あの舞台の上での二人の即興に誰よりも心を動かされたのは、菊井本人だったのではないかと、現在の良仁には思われるのだ。

公開生放送の打ち上げの席で、菊井は全員に『菊井賞』を進呈した。

小さなのし袋に入っていたのが百円札だったことに、良仁たちは度肝を抜かれた。新社会人の月給が、五百円とちょっとの時代だ。それは、良仁たち全員にとって、生まれて初めて手にした大金だった。

「重子先生、見てるかな……」

ふいに、都がつぶやくように言った。

都の指が、集合写真の上に留《とど》まっている。若き日の重子がはつらつとした笑みを浮かべ、都と世津子の肩を抱いていた。

再びテーブルがしんと静まる。

昭和二十五年の『鐘の鳴る丘』の最終回まで、重子は菅原とともに「小鳩会」の指導に当たった。だが、それから十年後の昭和三十五年、重子は白血病を発症した。

原子爆弾投下直後の広島に姉を訪ねていった重子は、本人も気づかぬうちに、入市被爆をしていたのだった。

良仁たちが最後に重子に会ったのは、十年前、菅原が定年退職をした年だ。菅原が鹿児島に帰郷する直前に行われた壮行会に、重子はニット帽をかぶって現れた。

ひどく痩せ細っていたが、風邪をこじらせたのだと説明された。

やつれた姿に少々驚いたものの、話し始めると、重子はすぐに以前と変わらぬ明るい笑みを浮かべた。始終、はきはきと前向きに話す様子に、菅原ですら本当の病状に気づくことはできなかった。

〝でもね、やってみたら、楽しかったの〟

黒目勝ちの大きな瞳に、右の頬に浮かんだえくぼ。

二人の少女の肩を抱く、若かりし日の重子の笑顔に、胸が締めつけられたようになる。

〝上手になっていく皆を見ているのが、とっても、とっても、楽しかったの〟

重子が良仁たちの前で涙を見せたのは、後にも先にも、あのときだけだ。

壮行会から二年後の冬、重子は病院でひっそりと息を引き取っていた。

最後の最後まで、良仁たちには気丈な姿しか見せることのない人だった。

「重子先生……」

写真を眺め、世津子が眼に涙を浮かべる。

「きっと、向こうで菊井先生と会ってるはずだよ」

実秋が静かに言った。

〝よっぽどシゲちゃんにしごかれたな〟

〝あら先生、しごきだなんて人聞きが悪いわ〟

良仁の胸にも、にこやかに言葉を交わす在りし日の二人の姿が浮かんで消える。

それから良仁たちは世間話をしながら、何杯かビールを飲んで、つまみを食べた。もう、あまり湿っぽい話はしなかった。

途中で、あの光彦《みつひこ》の話が出た。

〝それで、君は自分の物語を書きなさい――〟

菊井先生から万年筆をもらった光彦は、その後、本当に小説家になった。時折純文学の文芸誌に、光彦の名を見ることがある。

光彦は、ちょくちょく週刊誌にも『鐘の鳴る丘』について辛口な批判を書いていた。その辛辣にして軽妙洒脱《けいみょうしゃだつ》な文章を読むたび、良仁は「明日の家」で出会った少年の、怜悧《れいり》な眼差《まなざ》しを思い出した。

この日、一般参列に交じっていた良仁たちに、眼をとめる人は誰もいなかった。

しかし、『鐘の鳴る丘』は、戦中戦後を生きた世代にとって、真に特別な作品であることに間違いはない。

教科書に墨を塗らされた良仁たちは、大人が起こした戦争にふり回された子供だ。同時に大人たちもまた、自分たちの起こした戦争に、深く傷つきさいなまれていた。

だからこそ、大人と子供が一緒になって作り上げた『鐘の鳴る丘』は、あんなにも圧倒的に、まだ敗戦の瓦礫《がれき》が残る世間に受け入れられたのだろう。

『鐘の鳴る丘』は、大勢の人にとって、自分たちの物語だった。

それは、最後まで批判を続けた光彦にとってもそうだったに違いない。

ビアホールを出る頃には、辺りはすっかり夕闇に閉ざされていた。

良仁たちは、銀座の交差点で解散することにした。それぞれが、それぞれの生活に戻るのだ。

地下鉄に乗る実秋たちと別れ、良仁と祐介は東京駅までぶらぶらと歩き始める。なにとはなしに、互いの子供の話になった。生活環境があまりに違う今、思い出話のほかには、子供のことくらいしか共通の話題が見つからなかった。

中学生になったばかりの息子が、文系に進みたいと言い出して参っているという話を祐介の口から聞き、良仁は思わず足をとめそうになった。

「よっちゃん……」

良仁の表情を読み、祐介が苦笑を浮かべる。

「今となっては、俺は親父《おやじ》の判断が正しかったと思ってる。この競争社会で生き抜くためには、民主主義よりもなによりも、まずは学歴だよ。うちの息子は、なんとしてでも医大にいかせるつもりだ」

その魁偉《かいい》な容貌に、十代の頃の純情ははかなく消えていた。

東京駅で祐介とも別れ、良仁は一人ホームに立つ。

ふと見上げると、向こうのホームの上に大きな月が出ていた。天頂に昇った丸い月は冴《さ》え冴《ざ》えと周囲を照らしている。

その仄白《ほのじろ》い輝きは、菊井の丸眼鏡や、重子のえくぼの浮かんだ白い頬を彷彿《ほうふつ》とさせた。

東京の空に浮かぶ月に眼をとめている人は、ほかにいない。良仁自身、こんなふうに月を見上げることは、久しくなかった気がする。

『鐘の鳴る丘』への出演から四半世紀以上の歳月が過ぎた。

最近、「戦争を知らない子供たち」という歌が流行《はや》り、敗戦の記憶は遠くなった。

日本は高度経済成長の道をひた走ってきたはずだが、自分たちは、本当に豊かになったのだろうか。

〝民主主義においては、子供だって基本的人権を守られるべきです〟

祐介が御守《おまも》りのようにポケットに忍ばせていた「あたらしい憲法のはなし」の冊子は、たった数年で使用されなくなった。朝鮮戦争の勃発とともに、非戦的な内容が時流に合わなくなったためだ。

工場廃水やコンビナートのスモッグによる公害病等、経済成長の裏の弊害やひずみもあちこちに現れ始めている。

日本にはいまだに米軍が駐留し、ベトナム戦争のときのようにまたアメリカが紛争に介入することになれば、一年前に返還されたはずの沖縄の基地から、多くの戦闘機が戦地へ飛んでいくことになる。

我々は、戦争を放棄したはずではなかったのだろうか。

〝やい、てめえ！〟

そのとき、背後で声が響いた。

ふり返り、ハッと息をのむ。

雑踏の中に、すり切れた服を着た、いがぐり頭の将太が仁王立ちしていた。

〝そいつはあまりに、民主的でないんじゃねえのか〟

紙巻き煙草をふかしながら、将太が上目遣いでにらんでくる。

〝これは俺たちの問題だ〟

短くなった紙巻き煙草を投げ捨て、将太がペッと唾を吐く。

将太――！

去っていく背中に手を差し伸べかけ、良仁は立ちつくす。

この国は、この先どうなっていくのだろう。

祐介の言う競争社会に生きている子供たちは、本当に「戦争を知らない子供たち」のままでいられるのだろうか。

なあ、将太。

あの頃俺たちが鳴らした鐘は、今、どこで響いているのだろう。

将太の幻が消えていった雑踏を、月が白々と照らしている。

やがて、電車がホームに入ってきた。

ホームの先頭に立っていた良仁は、後からきた人たちに突き飛ばされて列から外れた。残業帰りのサラリーマンたちで満杯の車両に、我先にと人々が乗り込んでいく。

耳障りな発車ベルがけたたましく鳴り響き、疲れ切った人たちを乗せた電車がホームから出ていった。

ホームに取り残された良仁は、電車を降りてきた人たちからも押し流されそうになる。

先を急ぐことしか考えていない人たちが、立ちつくす良仁に次々と肩をぶつけた。

「気をつけろ!」

一人の男が怒鳴った瞬間、意外そうな顔をした。すぐに気味が悪そうな表情を浮かべ、足早に立ち去っていく。

そのとき良仁は、自分が涙を流していることに初めて気づいた。

なんのためなのか分からない涙が、顎《あご》を伝って汚れた地面に落ちていく。

〝なに、しょぼくれてるのよ〟

重子の温かなてのひらが、背中をたたいた気がした。

〝はいっ! もう一回〟

いつしかホームは舞台に変わり、いがぐり頭の子供たちが並んでいる。

ポケットに「あたらしい憲法のはなし」の冊子を忍ばせた少年。台本が真っ黒になるまで書き込みをしている少年。首にタオルを巻いた大柄な少年。坊ちゃん刈りに、瓶底眼鏡の少年。ヤニで染まった黒い歯を見せてせせら笑う少年。

髪をこてで縮らせた少女。おかっぱ頭の小さな女の子――。

全員が、明るい笑みを浮かべて元気いっぱいに歌っている。

頬を濡らす涙を、良仁はこぶしでぐいとぬぐった。

負けてたまるか。

あの鐘の音を、もう一度高らかに鳴らしたい。

去っていってしまった人たちの耳にも、この先を生きていく子供たちの耳にも届くように。

くじけてたまるか。

両足に力を入れて、ホームを踏みしめる。

良仁は顔を上げ、冴え冴えとあたりを照らす白い月を、いつまでもじっと見ていた。

謝辞

本作の準備にあたり、映画版「鐘の鳴る丘」（一九四八年　松竹製作）で隆太役を演じられた野坂頼明さん、ＮＨＫ児童劇団で子役として活躍された今井裕さんから、当時の貴重なお話を伺いました。野坂さんからは、貴重な資料もご提供いただきました。現在、サウンドデザイナーとして活躍されている今井さんからは、音響効果の現場についても、詳しくお話を伺いました。

お二人との出会いをなしに、本作の執筆はかないませんでした。

この場をお借りして、心より感謝申し上げます。

また、菊田一夫さんのご遺族の皆様、ＮＨＫドラマ番組部の吉田浩樹さん、ＮＨＫ放送博物館の皆様、練馬区役所総務部情報公開課の皆様に、ご尽力をいただきました。重ねて御礼を申し上げます。

最後に、本作の完成を楽しみにしていただいていた、小峰書店前社長の小峰紀雄さん、資料収集に奔走していただいた小峰書店編集部の山岸都芳さん、「鐘の鳴る丘」の熱心な愛聴者で、当時の風俗について事細かに語ってくれた両親に感謝致します。

主要参考文献

連続放送劇『鐘の鳴る丘』NHK放送台本　菊田一夫脚本
一九四七年七月五日（放送）〜一九四七年十二月二十八日（放送）
『鐘の鳴る丘　トーキーシナリオ』菊田一夫原作　斉藤良輔脚色　東京書肆　一九四八年
『評伝　菊田一夫』小幡欣治　岩波書店
『音屋の青春　ミクサーが語るラジオドラマ黄金時代』沖野瞭　暮しの手帖社
『創立四十周年記念誌』練馬区立豊玉第二小学校　一九八〇年
『とんがり帽子の時計台　ドキュメント鐘の鳴る丘（埋もれた歴史・検証シリーズ（1））』神津良子　郷土出版社
『「ママによろしくな」父・菊田一夫のまなざし』菊田伊寧子　かまくら春秋社
『戦争と庶民1940〜49〈4〉　進駐軍と浮浪児』朝日新聞社
『浮浪児の栄光　戦後無宿』佐野美津男　辺境社
『浮浪児1945-　戦争が生んだ子供たち』石井光太　新潮社
『「鐘の鳴る丘」世代とアメリカ　廃墟・占領・戦後文学』勝又浩　白水社
『菊田一夫の仕事　浅草・日比谷・宝塚』井上理恵　社会評論社

『評伝 古関裕而　国民音楽樹立への途』菊池清麿　彩流社
『あの頃の子どもたち　五十年後から見た戦中戦後の教育体験』
京都大学教育学部第二期生有志　クリエイツかもがわ
『あたらしい憲法のはなし 他二篇　付 英文対訳日本国憲法』高見勝利　岩波書店
『子ども文化の現代史　遊び・メディア・サブカルチャーの奔流』野上暁　大月書店
『戦禍に生きた演劇人たち　演出家・八田元夫と「桜隊」の悲劇』堀川惠子　講談社
『新日本現代演劇史〈２〉安保騒動篇１９５９-１９６２』大笹吉雄　中央公論新社

本作の「鐘の鳴る丘」の台詞は、ＮＨＫ放送博物館所管の菊田一夫脚本『鐘の鳴る丘』放送台本、菊田一夫原作、斉藤良輔脚色『鐘の鳴る丘　トーキーシナリオ』を参考にしています。

「取材」の章で、菊井先生が子供たちの前で披露するあいさつは、『とんがり帽子の時計台　ドキュメント鐘の鳴る丘（埋もれた歴史・検証シリーズ（１））』中に引用されている、『敗戦日記』（菊田一夫）の一部を参考にしています。

古内一絵

ふるうち かずえ

1966年東京都生まれ。日本大学藝術学部映画学科卒業。第五回ポプラ社小説大賞特別賞を受賞し、2011年にデビュー。2017年『フラダン』（小峰書店）で第六回JBBY賞・文学作品の部門を受賞。その他の作品に「マカン・マラン」シリーズ、『銀色のマーメイド』（中央公論新社）、『風の向こうへ駆け抜けろ』『蒼のファンファーレ』『赤道 星降る夜』（小学館）、『アネモネの姉妹 リコリスの兄弟』（キノブックス）などがある。

鐘を鳴らす子供たち

2020年1月31日　第1刷発行

作者　　古内一絵

発行者　小峰広一郎
編集　　山岸都芳
発行所　株式会社 小峰書店
〒162-0066
東京都新宿区市谷台町4-15
電話　03-3357-3521
FAX　03-3357-1027
https://www.komineshoten.co.jp/
印刷　　株式会社 三秀舎
製本　　株式会社 松岳社

NDC 913　331P　20cm　ISBN978-4-338-28722-7